L'otage de son cœur

W0248577

ABBY GREEN

L'otage de son cœur

Traduction française de
CHRISTINE MOTTI

AZUR

HARLEQUIN

Collection : Azur

Ce roman a déjà été publié en 2019

Titre original :
THE VIRGIN'S DEBT TO PAY

© 2018, Abby Green.
© 2019, 2024, HarperCollins France pour la traduction française.

Ce livre est publié avec l'autorisation de HARLEQUIN BOOKS S.A.

Tous droits réservés, y compris le droit de reproduction de tout ou partie de l'ouvrage, sous quelque forme que ce soit.
Toute représentation ou reproduction, par quelque procédé que ce soit, constituerait une contrefaçon sanctionnée par les articles 425 et suivants du Code pénal.

Si vous achetez ce livre privé de tout ou partie de sa couverture, nous vous signalons qu'il est en vente irrégulière. Il est considéré comme « invendu » et l'éditeur comme l'auteur n'ont reçu aucun paiement pour ce livre « détérioré ».

Cette œuvre est une œuvre de fiction. Les noms propres, les personnages, les lieux, les intrigues sont soit le fruit de l'imagination de l'auteur, soit utilisés dans le cadre d'une œuvre de fiction. Toute ressemblance avec des personnes réelles, vivantes ou décédées, des entreprises, des événements ou des lieux serait une pure coïncidence.

HARPERCOLLINS FRANCE
83-85, boulevard Vincent-Auriol, 75646 PARIS CEDEX 13
Service Clients — www.harlequin.fr
ISBN 978-2-2805-1136-0 — ISSN 0993-4448

Édité par HarperCollins France.
Composition et mise en pages Nord Compo.
Imprimé en septembre 2024 par CPI Black Print (Barcelone)
en utilisant 100% d'électricité renouvelable.
Dépôt légal : octobre 2024.

FSC
www.fsc.org
MIXTE
Papier issu de sources responsables
FSC® C159065

Pour limiter l'empreinte environnementale de ses livres, HarperCollins France s'engage à n'utiliser que du papier fabriqué à partir de bois provenant de forêts gérées durablement et de manière responsable.

1

Nessa O'Sullivan n'aurait jamais imaginé commettre un jour un délit, quel qu'il soit. Et pourtant elle se trouvait là, au cœur de la nuit, sur le point d'entrer par effraction dans ce bâtiment pour y dérober un objet. Comme cette pensée lui traversait l'esprit, elle grimaça. Non, elle n'entrerait pas par effraction dans les bureaux du Haras Barbier, puisque son frère lui en avait remis les clés.

Luc Barbier… Le simple fait de penser au propriétaire de ce lieu où étaient élevés des chevaux de course souleva en elle une vague d'appréhension. Accroupie sous une branche d'arbre, elle embrassa du regard la grande pelouse parfaitement entretenue qui s'étendait devant les bureaux de l'accueil. Elle avait garé sa vieille Mini Cooper non loin de là, à proximité du portail, puis avait escaladé un muret pour pénétrer dans l'enceinte de la propriété.

La maison familiale des O'Sullivan étant située non loin de là, Nessa connaissait bien les lieux pour y avoir souvent joué, enfant. Un hululement retentit alors dans la nuit, et elle inspira plusieurs fois, longuement, afin de se donner du courage. Puis elle maudit ce frère impulsif qui, par sa fuite, la poussait à s'introduire dans cette propriété. Mais pouvait-elle réellement reprocher à Paddy de ne pas avoir tenu tête à Luc Barbier, ce Français intimidant, enveloppé de mystère, considéré comme l'enfant terrible du monde des courses ?

Bel homme, Barbier était doté d'un physique typé qui ne manquait pas d'alimenter les rumeurs. On disait de lui qu'il était l'orphelin d'une famille de Tziganes et qu'il avait vécu dans la rue avant de devenir une légende dans l'univers des courses équestres, grâce à son aptitude à dresser les animaux les plus difficiles. Il ne lui avait pas fallu bien longtemps pour posséder ses propres écuries de course, aux abords de Paris. Suite à quoi, il avait fait en Irlande l'acquisition de ce grand haras abritant un nombre impressionnant de chevaux qui avaient remporté maintes victoires. Ces bêtes étaient dressées par des stars du milieu équestre, sous la surveillance attentive de leur maître.

Les gens disaient aussi que ce talent si particulier relevait de la sorcellerie. À les en croire, Luc Barbier l'aurait hérité de ses mystérieux ancêtres.

Selon une autre rumeur, il ne serait qu'un vulgaire délinquant issu d'un milieu défavorisé qui avait réussi à sortir du ruisseau. Son talent et son ingéniosité lui avaient permis de parcourir tout le chemin qui l'avait mené à la place convoitée qu'il occupait à présent.

Le mystère de ses origines ne faisait que renforcer les spéculations sur sa personne. Car il ne s'était pas investi uniquement dans le domaine de l'équitation, mais aussi dans bien d'autres secteurs, triplant ainsi sa fortune en peu de temps et devenant l'un des entrepreneurs les plus riches au monde. Mais le milieu des courses équestres restait celui auquel il consacrait le plus de temps et d'intérêt.

Paddy parlait depuis deux ans de cet homme d'une voix feutrée qui trahissait une indéniable admiration. De toute évidence, le frère de Nessa était impressionné par celui qui lui avait confié le poste de manager junior, au haras.

Nessa n'avait de son côté aperçu qu'à une ou deux reprises l'illustre personnage, à l'occasion de la prestigieuse vente de chevaux irlandais à laquelle assistaient les plus grands noms de ce monde. On y croisait aussi bien des membres de la royauté que des cheikhs, ou encore de puissants chefs d'entreprise.

Au milieu de cette assistance, elle avait tout de suite remarqué Luc Barbier. Il dépassait tout le monde d'une bonne tête, et son épaisse chevelure de jais, son teint hâlé et son visage aux traits marqués ne pouvaient que retenir l'attention. Il en allait de même de sa stature d'athlète, mise en valeur par un costume sombre porté sur une chemise blanche.

Nessa se rappelait l'avoir observé de loin tandis que, les bras croisés sur son torse musclé, il examinait d'un œil expert les chevaux présentés là. Il n'y avait apparemment autour de lui aucun service de protection, ce qui ne l'avait pas étonnée outre mesure. L'air peu engageant de Barbier suffisait à tenir à distance d'éventuels importuns.

Nessa poussa un long soupir et balaya du regard la paisible scène qui l'entourait. Elle avait accepté ce soir-là de rendre ce service très particulier à son frère, parce que celui-ci lui avait certifié que le maître des lieux serait absent. Barbier se trouvait actuellement en France, lui avait-il assuré. Elle n'avait aucune envie de croiser cet homme qui, lorsqu'elle l'avait aperçu, lui avait procuré une sensation étrange et qu'elle jugeait tout à fait déplacée face à un inconnu.

Redressant les épaules, elle s'éloigna de l'arbre sous lequel elle s'était cachée et traversa la pelouse pour se diriger vers les bâtiments. Un chien aboya dans la nuit, et elle s'arrêta net, le cœur battant. Le silence ne fut pas long à revenir, mais elle attendit quelques secondes avant de poursuivre sa marche. Arrivée devant l'entrée principale, elle passa sous le porche cintré qui conduisait à une cour autour de laquelle étaient disposés les différents bureaux administratifs.

Elle suivit ensuite les indications données par Paddy et ne fut pas longue à trouver le bureau principal. Pour en ouvrir la porte, elle utilisa la plus grande des clés qu'il lui avait remises et retint son souffle tandis qu'elle la glissait dans la serrure. À son grand soulagement, aucune alarme ne se déclencha lorsqu'elle poussa le battant. À pas feutrés, elle traversa la pièce plongée dans l'obscurité et, s'aidant de la lampe de son smartphone, monta l'escalier. Quelques instants plus tard, elle se trouvait devant la porte du bureau de son frère qu'elle ouvrit avec l'autre clé en sa possession.

Son cœur cognait dans sa poitrine quand elle referma derrière elle. Les paupières closes, elle s'adossa à la porte, puis, après avoir pris une profonde inspiration, entreprit de poursuivre sa mission. Paddy lui avait dit qu'elle trouverait son ordinateur portable dans le premier tiroir de son bureau qu'elle s'empressa donc d'ouvrir. Nulle trace d'ordinateur. Pas plus dans ce tiroir-là que dans les autres.

Les mots de son frère lui martelaient l'esprit.

« Cet ordinateur est ma seule chance de prouver mon innocence, Nessa ! Si je peux remonter à la source des e-mails du pirate… »

La gorge nouée, elle regarda autour d'elle et décida de fouiller les tiroirs des autres bureaux. Sans plus de succès.

Soudain, la porte s'ouvrit dans son dos, et elle manqua pousser un hurlement. En un éclair, elle fit volte-face et fut confrontée à l'imposante silhouette masculine qui occupait l'embrasure de la porte.

Cette silhouette, elle la reconnut sur-le-champ. C'était celle de Luc Barbier. Et elle comprit aussi pourquoi elle avait tant redouté ce face-à-face. À deux mètres à peine d'elle se tenait l'homme le plus impressionnant, le plus intimidant qu'elle ait jamais vu. Son propre beau-frère, le cheikh Al-Saqr de Merkazad, était considéré par tout un chacun comme un superbe spécimen masculin. Pourtant, il paraissait presque insignifiant comparé à Barbier, qui était doté d'une beauté à couper le souffle.

Il portait un jean et un T-shirt noir à manches longues, ce qui renforçait son aspect ténébreux. Ni son visage aux traits virils ni son regard sombre ne reflétaient la moindre émotion. Il leva alors le bras droit, et elle vit qu'il tenait dans la main un ordinateur portable fin, couleur argent, qu'elle fixa stupidement.

— J'imagine que c'est ça que vous êtes venu chercher.

Il parlait d'une voix basse, grave, qui en un instant la ramena à la réalité. Elle ne pouvait pas rester là, immobile, à regarder cet homme ! Elle devait quitter les lieux au plus vite. Une poussée d'adrénaline monta en elle et la fit se précipiter vers la porte du fond. Porte derrière laquelle elle découvrit un gardien à la stature imposante qui darda sur elle un regard dépourvu d'aménité.

Elle venait de se figer quand la voix de Barbier retentit derrière elle, dure et tranchante.

— Fermez cette porte ! Vous n'irez nulle part.

Comme Nessa restait immobile, le gardien se chargea d'exécuter l'ordre lancé par son patron. Et elle se retrouva en tête à tête avec Luc Barbier, dans ce bureau où elle était entrée sans y avoir été conviée.

Lentement, avec une évidente réticence, elle se tourna

pour lui faire face. Avant de se lancer dans cette opération, elle avait revêtu un legging et une veste de sport cintrée noirs. Ses cheveux étaient relevés en un chignon qu'elle avait caché sous une casquette de base-ball, noire également. Dans cet accoutrement, elle avait très certainement l'allure du voleur type !

Luc Barbier avait posé le fameux ordinateur sur le bord de l'un des bureaux. Il s'en tenait tout près, les bras croisés sur la poitrine, les jambes écartées, prêt de toute évidence à intervenir si elle cherchait une fois de plus à s'enfuir.

— Qui êtes-vous ? lança-t-il.

Elle sentit son cœur s'emballer et, les lèvres serrées, garda les yeux rivés sur les chaussures de son interlocuteur, espérant que la visière de sa casquette lui cache le visage. Quelques secondes s'écoulèrent ainsi, jusqu'à ce qu'il lâche un long soupir.

— Il existe deux méthodes. Soit vous consentez à parler, soit j'appelle la police qui, elle, saura vous faire exposer les motifs de votre intrusion dans ma propriété. Quoi qu'il en soit, nous savons vous et moi que vous êtes venu pour *ceci*, n'est-ce pas ?

Il ponctua ces mots d'un geste du menton vers l'ordinateur sur lequel il posa une main aux longs doigts fins.

— Je suppose que vous avez été mandaté par Paddy O'Sullivan ?

Nessa entendit à peine ces derniers mots. Aussi absurde cela fut-il, elle ne parvenait pas à détacher le regard de ces mains masculines à la fois fortes, élégantes… et sensuelles. Plus ridicule encore, elle se prit soudain à imaginer le contact de ces doigts sur sa peau.

Le silence se fit de nouveau entre eux. Un silence dense, presque palpable, qui se prolongea. Ce fut Barbier qui le rompit en lançant un juron en français. Suite à quoi il reprit d'un geste vif l'ordinateur et se dirigea vers la porte. Il était sur le point de l'ouvrir quand Nessa réagit. Si la police irlandaise intervenait, la situation ne manquerait pas de s'envenimer. Le fait que Barbier n'ait pas encore appelé les forces de l'ordre lui laissait entrevoir une lueur d'espoir. Tout n'était peut-être pas perdu...

— Attendez !

Dans le silence environnant, sa voix lui parut stridente. Il s'arrêta, et elle constata que, même de dos, il était intimidant. Il se tourna très lentement vers elle.

— Que venez-vous de dire ?

Elle passa la langue sur ses lèvres sèches, prenant soin de ne pas trop redresser la tête afin de rester le plus possible cachée par la visière.

— Je vous ai demandé d'attendre. *S'il vous plaît*, ajouta-t-elle, comme si cette simple formule de politesse avait pu suffire à apaiser les tensions.

Ces mots furent suivis d'un nouveau silence.

— Mais... Vous êtes une fille ! s'exclama-t-il, écarquillant les yeux.

Cette remarque la laissa sans voix. Cette tenue toute noire ainsi que la casquette n'avaient certes rien de très féminin, mais tout de même, de là à se méprendre à ce point... Elle réprima une grimace. À quoi bon se leurrer ? Après avoir passé la majeure partie de sa vie chaussée de bottes en caoutchouc, les pieds dans la boue, elle devait bien admettre que les artifices féminins lui étaient assez étrangers. À ce stade de ses pensées, elle redressa la tête et, oubliant qu'elle avait jusque-là cherché à dissimuler son visage, fusilla du regard celui qui, sans le vouloir, venait de la blesser.

— À vingt-quatre ans, je me considère plutôt comme une femme et non comme une fille !

— Si vous le dites... Personnellement, je connais peu de femmes qui, à la nuit tombée, décident de traverser des sous-bois pour entrer en catimini chez quelqu'un.

Nessa serra les mâchoires. Elle n'avait aucun mal à imaginer le genre de créatures qu'il avait coutume de fréquenter. Un style sans aucun doute très éloigné du sien ! Résolue à ne pas montrer que cette remarque l'avait blessée, elle redressa les épaules.

— Vous étiez censé être en France, allégua-t-elle pour sa défense.

Barbier la dévisagea, stupéfait. En général, rien ou presque ne l'étonnait, mais l'aplomb dont venait de faire preuve la jeune inconnue était sidérant. Celle-ci avait commis une infraction en pénétrant chez lui, et voilà qu'elle l'accusait presque de se trouver à son propre domicile !

— *J'étais* en effet en France. Comme vous pouvez le constater, j'en suis revenu, rétorqua-t-il sans se départir de son habituelle assurance.

Puis il regarda avec une attention soutenue l'inconnue qui se tenait devant lui. Bien que menue, la jeune femme avait de jolies formes qui se dessinaient sous cette tenue pourtant peu flatteuse. Et les traits de son visage, qu'elle cherchait à occulter, n'avaient certainement rien de masculin. Pas plus que cette bouche aux lèvres pleines, sensuelles...

— Enlevez votre casquette.

Ces mots le surprirent lui-même. Quel besoin avait-il de formuler une demande pareille ? Il remarqua que la jeune femme hésitait. Elle finit par s'exécuter, comme si elle comprenait qu'elle n'avait pas le choix.

Il vit alors se dérouler sur ses épaules une masse de cheveux auburn qui entourait un visage... tout simplement magnifique. Des jolies femmes, il en avait connu beaucoup dans sa vie, certaines comptant même parmi les plus belles du monde. Mais à cet instant précis, rien d'autre n'existait que cet ovale parfait, ces pommettes hautes, ce nez droit, ces grands yeux noisette pailletés de vert et ourlés de longs cils. Et cette bouche... Cette bouche qui faisait naître en lui un étrange désir.

Aussi étonné que contrarié par sa réaction face à cette inconnue — qui de surcroît était venue chez lui pour commettre un larcin ! —, il fut prompt à se ressaisir.

— Écoutez, je vais être très clair, commença-t-il d'un ton sec. Soit vous me dites qui vous êtes, soit j'appelle la police !

Nessa déglutit avec peine. Le long regard dont venait de l'envelopper le maître des lieux avait eu sur elle un effet des plus troublants. Ils étaient tout près l'un de l'autre, et elle avait l'étonnante impression que ce grand corps masculin l'attirait comme un aimant.

— J'attends toujours.

La voix de Barbier la fit tressaillir et, d'instinct, elle posa les yeux sur le mur juste derrière lui, fixant sans la voir la photo d'un célèbre cheval de course. Elle n'avait pas le choix, c'était une évidence. Si la police irlandaise s'emparait de cette affaire, tout le monde en serait aussitôt informé. Dans un quartier petit et soudé comme celui-ci, vie privée et anonymat n'existaient pas.

— Je m'appelle Nessa..., commença-t-elle d'une voix mal assurée.

Ces mots furent suivis d'un silence, puis elle lâcha d'un ton brusque :

— Nessa O'Sullivan !

La réaction de Barbier ne se fit pas attendre.

— *O'Sullivan* ? répéta-t-il, les sourcils froncés. Vous êtes de la famille de Paddy ?

Elle acquiesça lentement, soudain accablée par la tournure que prenaient les événements. Voilà donc comment se terminait cette opération qu'elle avait accepté de mener pour aider son frère !

— Je suis sa sœur cadette.

— Tiens donc ! Il charge sa petite sœur de s'occuper du sale boulot ?

— Paddy est innocent ! s'exclama-t-elle sur-le-champ.

Cette réaction, aussi soudaine que spontanée, n'impressionna nullement Barbier.

— Sa disparition a contribué à aggraver la situation. Les faits, eux, restent identiques : il a facilité l'achat d'un cheval provenant du haras sicilien de Gio Corretti. Cet animal est bien arrivé chez nous il y a une semaine, en échange de quoi la somme d'un million a bien quitté mon compte bancaire. Mais bizarrement, Corretti n'a jamais reçu la somme en question. Par où a-t-elle bien pu transiter ? Il me semble évident que votre frère a détourné cet argent.

Un million. Elle frissonna, mais s'efforça de rester impassible.

— Paddy n'a pas détourné un seul centime. Il a été victime d'un piratage informatique. La personne qui a commis le délit a réussi à se faire passer pour le manager de ce haras en Sicile, et mon frère lui a envoyé la somme en question, convaincu de s'adresser à la bonne personne.

Elle eut l'impression que les traits du visage de son interlocuteur se durcissaient davantage encore.

— Dans ce cas, pourquoi s'est-il enfui au lieu de me fournir lui-même ces explications ?

Nessa redressa le menton, résolue à tenir tête à Luc Barbier, aussi impressionnant soit-il.

— Parce que vous lui avez dit que vous alliez le poursuivre en justice et qu'il devrait vous rendre cette somme dans son intégralité. Il a donc pris la fuite, car c'était la seule solution.

La voix angoissée de son frère résonna alors dans sa tête. « Tu ne sais pas de quoi ce type est capable, Ness. L'autre jour, il a renvoyé sans hésiter une seconde l'un des garçons d'écurie. Dans le monde de Barbier, l'innocence n'existe pas — jusqu'à preuve du contraire. Il ne fera qu'une bouchée de moi, et ma carrière dans ce domaine sera à tout jamais compromise... »

Le regard toujours glacial, Luc Barbier serra les lèvres avant de reprendre la parole.

— Pourquoi être parti juste après notre échange téléphonique ? En disparaissant, il n'a fait que confirmer mes soupçons !

Sur le point de continuer à défendre son frère, Nessa se ravisa. Expliquer à cet homme que Paddy avait déjà eu des ennuis avec la justice durant son adolescence rebelle risquait de renforcer ses soupçons. Paddy avait travaillé dur pour tourner cette page et aller de l'avant. On lui avait bien précisé, après cet épisode houleux, qu'au cas où il enfreindrait de nouveau la loi il devrait purger une peine de prison et aurait un casier judiciaire. Voilà pourquoi, affolé par l'ampleur de la somme détournée, il avait choisi de fuir.

Luc plongea les mains dans les poches de son jean. Quel besoin avait-il d'écouter Nessa O'Sullivan ? C'était une perte de temps. Mais la volonté farouche dont elle faisait preuve pour défendre son frère, ce besoin évident de le protéger — à ses risques et périls — ne manquait pas de l'intriguer. Sa propre expérience lui avait appris que la loyauté était un mythe. Chacun pensait à soi et à soi seulement.

Une pensée lui traversa alors l'esprit, et il se maudit de

ne pas y avoir songé plus tôt. Séduit par sa jolie silhouette, il avait baissé la garde !

— Qui me dit que vous n'êtes pas sa complice, mademoiselle O'Sullivan ? Que vous n'êtes pas venue ici pour récupérer cet ordinateur et y effacer toute trace du délit commis par votre frère ?

Elle ouvrit grands les yeux.

— Pas du tout ! Je suis venue ici parce que Paddy...

Pour éviter d'aggraver le cas de son frère, elle préféra en rester là.

— Parce que Paddy ? insista Barbier, décidé à en savoir le plus long possible. Parce qu'il était trop lâche pour s'en charger ? Ou peut-être parce qu'il s'est empressé de quitter le pays ?

Nessa se mordit la lèvre. Paddy était en effet parti se cacher aux États-Unis où vivait leur frère, Eoin. Elle l'avait supplié de revenir, lui répétant maintes fois que son patron ne pouvait tout de même pas être un monstre, contrairement à ce qu'il avait l'air de croire.

Cette fois encore, les mots de Paddy lui revinrent en mémoire. « Personne ne plaisante avec Barbier, Nessa. *Personne*. Ça ne me surprendrait pas qu'il ait des relations avec un milieu... assez louche. »

Comme cette dernière phrase tournait en boucle dans sa tête, elle sentit sa gorge s'assécher. Si tel était le cas, qu'allait-il advenir d'elle ? Elle refoula aussitôt cette pensée qu'elle jugea excessive. Ce fut alors qu'une hypothèse, qu'elle n'avait jusque-là jamais envisagée, jaillit soudain en elle.

Et si... Si Paddy était bel et bien coupable ?

À l'instant même où cette idée lui traversait l'esprit, elle la rejeta. Comment avait-elle pu, ne serait-ce qu'une seconde, imaginer une chose pareille ? Cet homme la faisait douter d'elle-même, de son frère. Quelles que soient les erreurs qu'il avait commises sans sa jeunesse, elle le savait incapable d'accomplir aujourd'hui un délit de cette envergure.

— Écoutez... Paddy est innocent. Je suis d'accord avec vous, il n'aurait pas dû s'enfuir, mais c'est ce qu'il a fait.

Elle hésita à apporter d'autres éléments à son argumentation, puis décida de le faire, tout en s'excusant mentalement auprès de son frère.

— Face aux difficultés, il a pour habitude de s'échapper. Après les obsèques de notre mère, il a disparu pendant une semaine.

— Il paraît que les Irlandais possèdent un véritable talent pour se tirer des situations les plus complexes, déclara Barbier, le regard indéchiffrable. Libre à vous de chercher à me présenter votre frère sous son jour le plus favorable, mademoiselle O'Sullivan, mais autant vous prévenir je ne me laisserai pas prendre au piège.

Cette remarque provoqua en elle une réaction de colère qu'elle eut du mal à contrôler.

— Contrairement à ce que vous avez l'air de croire, je ne me livre à aucune manœuvre, monsieur Barbier ! Et je ne suis pas non plus la complice de Paddy. J'essayais de retrouver son ordinateur portable dans le seul but de l'aider, puisqu'il m'a dit que cela lui permettrait de prouver son innocence.

Barbier s'empara de l'ordinateur et le fit tourner dans sa main avant de reprendre la parole.

— Nous l'avons examiné de fond en comble, et rien de ce qu'il contient ne permet de blanchir votre frère. De ce fait, votre démarche s'avère totalement contreproductive. Vous n'avez rendu aucun service à votre frère, bien au contraire. Je suis plus que jamais convaincu de sa culpabilité, et je m'interroge désormais sur la vôtre !

Il s'était exprimé sans quitter la jeune femme du regard et s'étonna de la voir blêmir. Les gens qu'il avait coutume de fréquenter ne laissaient jamais tomber leur masque. Lui était-il jamais arrivé à lui-même de se sentir assez libre pour exposer ses émotions ? Pas souvent. Pour ainsi dire jamais.

Quelles que soient ces ruses destinées à démontrer son innocence et celle de son frère, il ne se laisserait pas berner. Paddy O'Sullivan s'était déjà moqué de lui, c'était bien suffisant !

Nessa sentit toute trace d'espoir la déserter. Luc Barbier était inébranlable. Après avoir reposé l'ordinateur, il croisa de nouveau les bras sur sa poitrine. Cette position était celle d'un homme qui bavardait tranquillement avec une collègue !

À la différence près qu'il n'y avait en cet individu rien de « tranquille ». Tout en lui respirait le danger. Pourtant, elle n'éprouvait aucune crainte en sa présence. Elle devait certes admettre qu'il mettait ses sens en alerte… mais ce n'était en rien lié à la peur. Elle avait plutôt l'impression qu'une partie d'elle-même s'éveillait. Une partie qui, jusque-là, avait toujours sommeillé.

Elle en était là de ses pensées quand il reprit, goguenard :

— Vous voudriez donc me faire croire que seul l'amour que vous portez à votre frère vous a guidée jusqu'ici ? Que vous vous êtes introduite chez moi dans le seul but de prouver son innocence ?

— Je ferais n'importe quoi pour ma famille, rétorqua-t-elle d'un ton sec.

— Pourquoi ?

La question surprit Nessa. Lorsque Paddy l'avait

appelée, pas un seul instant elle n'avait envisagé de ne pas lui prêter main-forte. Elle s'était laissé guider par son instinct de protection — alors qu'elle était plus jeune que lui. Leur famille avait été confrontée à de rudes épreuves par le passé. Épreuves qui avaient contribué à resserrer leurs liens. Iseult, leur sœur aînée, avait veillé sur toute la fratrie après le décès de leur mère, tandis que leur père sombrait dans l'alcoolisme. Elle avait protégé Nessa et les garçons des excès de leur père et, peu à peu, avait aidé ce dernier à se rétablir. Le haras et les écuries, eux, avaient été réduits en miettes.

Mais Iseult n'était plus là. Elle menait une vie heureuse — bien méritée ! — loin de là. Nessa considérait donc qu'il lui appartenait désormais d'assumer ce fardeau, pour le bien de son frère et de la famille.

— *Pourquoi* ? répéta-t-elle. Parce que nous nous aimons et que nous avons pour habitude de nous soutenir les uns les autres en toutes circonstances. Voilà pourquoi, monsieur Barbier !

Cette déclaration fut suivie d'un long silence qu'il fut le premier à briser.

— Vous admettez donc que vous seriez prête à tout ou presque pour voler au secours d'un membre de votre famille ?

Nessa frissonna. À cet instant précis, elle se sentait très seule. Bien sûr, elle pourrait essayer de contacter le cheikh Nadim de Merkazad, l'homme qu'avait épousé Iseult et qui comptait parmi les plus grosses fortunes du monde. Il ne faudrait pas à Nadim plus de quelques heures pour résoudre ce problème, elle en était certaine. Mais ils avaient décidé d'un commun accord, Paddy et elle, de ne pas mêler Iseult et son mari à cette affaire. Le couple attendait un enfant qui naîtrait dans les semaines à venir. Mieux valait donc lui épargner ce genre de problème.

Elle dévisagea froidement le maître des lieux, exaspérée par la nonchalance qu'il affichait.

— Vous ne comprenez pas ce que représente la famille ? Vous n'en feriez peut-être pas autant pour la vôtre ?

Ses traits masculins se durcirent soudain.

— Difficile de vous répondre, puisque je n'ai pas de famille !

En entendant ces mots, elle sentit sa gorge se nouer. « Pas de famille » ? Comment pouvait-on vivre sans famille ? Vivre sans se savoir aimé, épaulé par ses proches ?

— Si votre famille est si unie, ajouta-t-il alors, interrompant le cours de ses pensées, dites-moi à qui je dois m'adresser, soit pour faire revenir votre frère, soit pour que l'argent disparu me soit rendu.

Le cœur de Nessa se mit à battre si fort qu'elle eut l'impression de l'entendre résonner dans la pièce.

— Seuls Paddy et moi sommes... impliqués dans cette affaire, lâcha-t-elle.

— Eh bien, *j'impliquerai* qui il faudra pour qu'elle soit résolue dans les plus brefs délais ! Et de préférence, sans que les médias s'en saisissent.

Les poings serrés, elle prit une profonde inspiration tout en s'enjoignant au calme. Il fallait impérativement qu'elle contrôle ses émotions.

— Écoutez... Je comprends que ce soit le cadet de vos soucis, mais il se trouve que ma sœur est sur le point d'avoir un enfant. Mon père, qui est à ses côtés, s'efforce de les aider, son mari et elle. Et ils ignorent tout de... des difficultés qui viennent de surgir. C'est moi qui m'occupe de mon frère et qui assume aussi certaines responsabilités.

C'est moi qui m'occupe de mon frère...

Depuis que la jeune femme avait évoqué le thème de la famille, Luc s'était senti oppressé. Non, il ne comprenait pas le concept de famille. Comment pourrait-il en être autrement, alors que son père, un homme originaire d'Afrique du Nord, avait disparu avant sa naissance ? Alors que sa mère, une femme irresponsable et instable, était morte d'une overdose alors qu'il n'avait que seize ans ?

Le seul être qu'il aurait pu considérer comme un membre de sa famille était ce vieux voisin qui, lui-même brisé par la vie, avait réussi à insuffler à Luc une force incroyable. Une force grâce à laquelle il s'était battu pour tracer sa voie.

Il cligna des paupières, pressé de chasser ces souvenirs de son esprit et de revenir au présent. Un présent qui nécessitait toute son attention, car bien que menue Nessa O'Sullivan ne manquait pas de caractère et paraissait bien décidée à lui tenir tête. Elle avait sans doute remarqué le regard appuyé dont il l'avait enveloppée un peu plus tôt, mais ne semblait nullement disposée à jouer de son physique pour gagner cette bataille. Une attitude des plus respectables, il devait bien l'admettre.

En dépit d'une situation pour le moins délicate, elle ne se montrait pas disposée à baisser les bas. S'il s'agissait là d'une manœuvre destinée à le bluffer, elle s'y prenait remarquablement bien. Quoi qu'il en soit, il était toujours à même d'appeler la police qui arriverait dans les minutes suivantes et l'emmènerait, menottes au poignet.

En général, Luc préférait éviter de faire appel aux forces de l'ordre. Non qu'il dispose d'autres moyens, moins honnêtes, de faire respecter la loi — contrairement à ce que prétendaient certaines rumeurs —, mais en raison des expériences qu'il avait vécues autrefois, dans cette banlieue parisienne pas toujours très tendre. Grandir dans cet environnement hostile, surmonter jour après jour les épreuves, avait représenté pour lui une sorte de test d'endurance. Et dans ces moments difficiles, pas une seule fois il n'avait pu compter sur les représentants de la loi, et il ne leur faisait guère confiance.

Il aimait gérer ses affaires comme bon lui semblait, ce qui alimentait des rumeurs, lesquelles engendraient d'autres rumeurs plus fausses encore...

Mais voilà qu'il s'égarait...

— Bien, que suggérez-vous donc, mademoiselle O'Sullivan ? Puisque vous vous dites prête à assumer les responsabilités de votre frère, j'imagine que vous êtes aussi prête à me signer un chèque d'un million d'euros ?

Nessa sentit le sang se figer dans ses veines. *Un million d'euros ?* Il était peu probable qu'à la fin de sa vie elle ait gagné une somme pareille ! À moins que sa carrière de jockey ne décolle et qu'elle ne devienne célèbre dans le milieu équestre.

— Nous n'avons pas à notre disposition un montant aussi élevé, répliqua-t-elle sèchement.

Il se passa la main sur le menton.

— Voilà qui complique la situation... Je vais donc devoir verser de nouveau un million d'euros à Gio Corretti, et sans trop tarder, pour éviter qu'il s'inquiète de ne pas recevoir cet argent.

En entendant ces mots, Nessa eut l'impression que le sol s'ouvrait sous ses pieds. Et elle se prit presque à regretter qu'il n'en soit rien, car les événements qui s'enchaînaient prenaient l'allure d'un horrible cauchemar.

— Vous pourriez peut-être parler avec Corretti ? suggéra-t-elle avec un calme feint. Lui exposer sans détour ce qui s'est produit...

Barbier lâcha un rire dénué de gaieté.

— Je ne pense pas qu'il soit nécessaire d'ajouter matière

à commérages en répandant cette affaire. D'aucuns ne manqueraient pas de penser que j'ai inventé cette escroquerie pour ne pas honorer mon contrat.

Tout allait de mal en pis. Nessa baissa les paupières. Elle avait besoin de s'asseoir, de retrouver le rythme normal de sa respiration, car ses forces menaçaient de la lâcher.

— Ça ne va pas ?

La façon dont il lui posa la question la fit tressaillir. Elle passait la langue sur ses lèvres sèches quand elle le vit se rapprocher d'elle. La pièce lui sembla soudain plus petite. Il y avait en cet homme quelque chose de très impressionnant.

Elle ne pouvait pas lutter contre lui. Il était riche, séduisant, tout semblait lui réussir.

— Croyez-moi, j'aimerais vraiment être en mesure de vous rendre cet argent, monsieur Barbier. Mais c'est impossible, hélas !

Elle marqua une pause avant d'ajouter :

— Malgré les apparences, mon frère est innocent, j'en suis absolument convaincue.

Puis elle se tut de nouveau, cherchant des arguments aptes à dissuader le maître des lieux de porter plainte contre Paddy. Il fallait laisser à ce dernier une chance de prouver son innocence. Mais que pouvait-elle proposer en échange à Barbier ?

Ce fut alors que l'idée lui traversa l'esprit.

— Écoutez... Je peux vous offrir *mes* services.

Sitôt ces mots prononcés, elle se félicita de son initiative. Elle trouverait bien un moyen de convaincre Barbier qu'il se méprenait au sujet de Paddy. Celui-ci la dévisageait, la mine impénétrable. Et soudain, son regard s'obscurcit tandis qu'il lançait d'un ton accusateur :

— Évidemment... J'aurais dû m'en douter, c'était trop beau pour être vrai. Cette innocence n'était qu'une façade !

L'œil plus noir que jamais, il lâcha un rire méprisant.

— Je me serais peut-être laissé tenter si vous étiez arrivée par l'entrée principale et si vous vous étiez présentée dans une tenue un peu plus affriolante, mademoiselle O'Sullivan. Et encore, je n'en suis même pas sûr parce que vous n'êtes pas du tout mon genre.

Nessa cligna des paupières. Que voulait-il dire par là ? Il ne s'agissait tout de même pas d'une allusion à... Les mots qu'elle venait de prononcer lui revinrent soudain en mémoire, et elle fut bien forcée d'admettre que la tournure de sa phrase pouvait prêter à confusion.

Barbier avait cru qu'elle était prête à s'offrir à lui, en échange de sa mansuétude ! À la fois humiliée et très en colère, elle serra les poings.

— Vous savez très bien que je n'ai pas voulu dire *cela* ! rugit-elle.

— Ah ? Et qu'avez-vous donc voulu dire, mademoiselle O'Sullivan ?

À bout de nerfs, elle fit quelques pas dans la pièce avant de venir se planter devant lui.

— Et arrêtez de m'appeler mademoiselle O'Sullivan ! Mon nom est Nessa ! Je vous proposais simplement de faire tout mon possible pour vous convaincre de l'innocence de mon frère.

2

Luc fixa la jeune femme.

« Je vous proposais simplement de faire tout mon possible pour vous convaincre de l'innocence de mon frère. »

Qu'entendait-elle au juste par là ? En tout premier lieu, il avait bel et bien eu l'impression qu'elle lui proposait un genre de services très particulier. Et puis elle était revenue sur ses mots, feignant l'innocence. *L'innocence.* Comme si elle existait, en ce bas monde ! Chez les bébés, peut-être. Avant qu'ils soient manipulés et formatés par le milieu dans lequel ils grandissaient.

Il songea au moment où il lui avait dit qu'elle n'était « pas du tout son genre ». Il avait alors ressenti une poussée d'adrénaline. Due à la colère, certainement pas à une quelconque manifestation de désir !

Il savait bien qu'il aurait dû depuis longtemps partir et confier Nessa O'Sullivan aux mains de la police — bien qu'il ne tienne pas en haute estime les forces de l'ordre. Il possédait désormais assez de preuves pour les faire condamner son frère et elle, mais ce n'était pas nécessairement la meilleure option. Pas *pour lui.*

Elle gardait les yeux rivés sur lui, donnant l'impression de chercher à se préparer à ce qui allait suivre. Il la dévisageait lui aussi, intrigué. Cette visiteuse impromptue suscitait en lui plus de questions que de réponses, et il y avait longtemps que quelqu'un n'avait attisé à ce point sa curiosité. Son intérêt, même.

Après tout, qu'avait-il à perdre s'il s'occupait lui-même de cette affaire ? Il était peu probable que la police locale se révèle plus efficace que la société de sécurité privée à laquelle il avait fait appel pour mener cette enquête et retrouver la trace de Paddy O'Sullivan.

Une chose était sûre : il ne laisserait pas la jeune femme repartir comme elle était venue. Il la sentait prête à tout, et de ce fait elle ne lui inspirait aucune confiance. Nessa O'Sullivan resterait chez lui jusqu'à ce qu'il ait récupéré son argent — et ce sans que sa réputation soit ternie.

Comme il l'observait toujours, il eut l'impression de voir se tendre tous les muscles de son corps. Dans cette attitude, elle paraissait à la fois rebelle et vulnérable. Très attirante, aussi. Mais il ne se laisserait pas prendre à ce petit jeu !

— Vous avez bien dit que vous vouliez me convaincre de l'innocence de votre frère, n'est-ce pas ?

— En effet.

Ces deux mots furent suivis d'un long silence durant lequel elle s'efforça de rester de marbre sous le regard insistant de son interlocuteur. Un regard qui provoquait en elle d'étranges réactions qu'elle s'empressa d'attribuer à la tension environnante.

— Bien. Autant vous prévenir tout de suite... Nessa, vous ne quitterez pas les lieux tant que votre frère ne m'aura pas fourni quelques explications sur ce qui s'est produit et ne m'aura pas rendu mon argent.

En entendant ces mots, elle écarquilla les yeux.

— Que voulez-vous dire par là ?

— Ce que vous avez entendu ! Si mes souvenirs sont bons, vous m'avez proposé vos services. Eh bien, j'accepte ! Tant que Paddy ne se sera pas manifesté et ne m'aura pas restitué la modique somme d'un million d'euros, vous resterez à mon service.

Elle déglutit avec peine.

— Vous... envisagez en quelque sorte de me garder en otage ?

Elle vit ses lèvres se retrousser en un sourire distant.

— Oh ! rien ne vous empêche de passer cette porte. Mais si vous décidiez de regagner votre voiture, vous risqueriez de vous heurter à certaines difficultés... Comme je vous l'ai dit, je n'hésiterais pas à joindre la police.

La situation semblait se compliquer de seconde en seconde.

— Et comment savez-vous où se trouve ma voiture ?

— Très simple. Le haras est équipé d'un système de vidéosurveillance très performant, et vous avez été filmée dès que vous avez garé votre tas de ferraille derrière le mur d'enceinte de la propriété.

Posté derrière un écran, quelqu'un avait donc suivi avec attention son avancée maladroite jusqu'à ces bureaux ? Décidément, rien ne lui avait été épargné !

— Je n'ai entendu aucune alarme, riposta-t-elle, à court d'arguments.

— Comme je viens de vous l'expliquer, notre système de sécurité est ultra-performant : pas plus de sonnerie que de flash pour éviter d'effrayer les animaux.

Bien sûr... Nadim n'avait-il pas lui-même insisté pour installer un système identique chez les O'Sullivan ?

Les pensées se bousculaient dans son esprit. Comment échapper à la décision que voulait lui imposer Luc Barbier ?

— Je suis jockey et je travaille dans nos écuries. Vous

comprendrez sans doute qu'il ne me soit pas possible de tout abandonner du jour au lendemain.

— Jockey ? répéta-t-il, un sourcil levé. Comment se fait-il que je n'aie jamais entendu parler de vous ?

Sentant le rouge lui monter aux joues, Nessa tourna la tête.

— Je n'ai pas participé à beaucoup de courses. Pas encore, du moins.

Ces dernières années, elle avait suivi des études universitaires validées par un diplôme, ce qui l'avait tenue un certain temps éloignée du milieu équestre. Mais elle n'avait nullement l'intention de raconter son parcours à Barbier.

— Jockey n'est pas un métier de tout repos, lâcha-t-il avec un petit rire, et vous ne me donnez pas l'impression d'être très résistante. Je vous imagine mal vous lever à l'aube et suivre toute la journée les entraînements assez éprouvants qu'endurent les jockeys. Vous abîmeriez vos jolies petites mains...

D'instinct, elle cacha derrière son dos ces mains qui, elle le savait, n'avaient rien de très joli. Mais pourquoi lui tenait-il de tels propos, d'un air condescendant ? Sa famille avait toujours travaillé dur à la ferme, se levant au petit jour, par tous les temps, aussi bien en semaine que le week-end. Il en avait toujours été ainsi. Contrairement à ce qu'il sous-entendait, les O'Sullivan n'avaient jamais vécu dans un écrin doré, pas même lorsque Nadim avait apporté l'argent nécessaire pour assainir des finances en piteux état et donner un nouveau souffle à l'exploitation familiale.

— Pour qui courez-vous ?

— Pour les écuries O'Sullivan, celles de ma famille. Je suis depuis longtemps habituée à ne pas ménager mes efforts. J'étais adolescente quand j'ai commencé à suivre l'entraînement pour devenir jockey. Le fait que je sois une femme ne…

Il leva aussitôt la main pour l'interrompre.

— Je n'ai rien contre les femmes jockeys. En revanche, je n'apprécie pas beaucoup ceux ou celles qui s'infiltrent dans le milieu par le biais de leurs proches.

Pour toute réponse, elle serra les mâchoires. Elle avait toujours su qu'il lui faudrait mettre les bouchées doubles pour prouver ce dont elle était capable, et pour cela il lui faudrait travailler avec un autre entraîneur, ce qui touchait un point sensible.

— Je puis vous certifier, déclara-t-elle d'une voix vibrante d'émotion, qu'il ne s'agit pas pour moi d'une décision prise à la légère, pour me faire valoir. Mon choix de carrière a été mûrement réfléchi.

Si la situation n'avait été aussi grave, Nessa en aurait ri. Jamais elle n'avait cherché à se mettre en valeur. À quand remontait la dernière fois qu'elle s'était maquillée ? Elle n'en gardait aucun souvenir.

— Pour en revenir au sujet qui nous intéresse, reprit-il avec un haussement d'épaules, je suis convaincu que vos écuries survivront à votre absence.

Consciente d'être bel et bien prise au piège, elle se mordit la lèvre. Il n'y avait aucune issue possible et, pour éviter que cette affaire porte préjudice à sa famille, mieux valait se conformer aux désirs de Luc Barbier.

— Et quel genre de tâche envisagez-vous de me confier ?

Elle avait cette fois pris soin d'employer des termes qui ne puissent en aucun cas être mal interprétés. Comme il l'examinait de pied en cap, elle se raidit.

— Ne vous inquiétez pas, nous trouverons bien de quoi vous occuper. Le travail que vous effectuerez sera considéré comme un remboursement de la dette de votre frère... Jusqu'à ce qu'il daigne refaire surface.

Il recula d'un pas, se rapprochant ainsi de la porte.

— Je vais demander à Armand de vous accompagner chez vous où vous prendrez les affaires dont vous avez besoin. Donnez-moi les clés de votre voiture.

À contrecœur, elle plongea la main dans sa poche pour en sortir un trousseau de clés duquel elle retira celle de la voiture.

— C'est une Mini, modèle vintage. Ça m'étonnerait que vous y entriez..., dit-elle, s'efforçant de s'exprimer d'un ton neutre.

En pareilles circonstances, imaginer Barbier se plier pour entrer dans le petit habitacle du véhicule ne lui parut pas du tout drôle. Elle n'avait aucune envie de rire. Pas un instant elle n'avait imaginé que la soirée se déroule ainsi. Que croyait-elle donc ? Qu'elle s'infiltrerait sans le moindre problème chez Luc Barbier ?

— Ce n'est pas moi qui me chargerai de récupérer votre voiture.

Bien sûr. L'un de ses sous-fifres exécuterait cette basse besogne !

Nessa, qui n'avait pas coutume de dramatiser une situation, quelle qu'elle soit, décida de porter sur celle-ci un regard positif. Cinq kilomètres à peine séparaient la ferme des O'Sullivan du haras de Barbier. Que pourrait-il bien lui arriver de fâcheux à une si faible distance ? En réalité, ce n'était pas Luc Barbier lui-même qu'elle craignait... mais plutôt l'effet qu'il produisait sur ses sens.

À ce moment-là, il pivota sur ses talons et ouvrit la porte derrière laquelle se tenait l'homme à la stature imposante qu'elle avait aperçu un peu plus tôt. Ils échangèrent quelques mots en français, bien trop vite pour que ses connaissances dans cette langue lui permettent de comprendre quelque chose. Puis il fit volte-face et s'adressa à elle en anglais.

— Comme je vous l'ai dit, Armand va vous accompagner chez vous, puis il vous ramènera.

— Je ne pourrais pas revenir plutôt demain matin ? hasarda-t-elle.

L'air plus sévère que jamais, il secoua la tête et l'invita à le précéder dans le couloir où s'était déjà engagé le dénommé Armand. Les épaules basses, elle emboîta le pas à ce dernier jusqu'à la cour où les attendait un 4x4 dont il lui ouvrit la porte. Elle s'en approchait quand son regard fut attiré par le grand portail, à présent ouvert. Si elle courait très vite...

— Je vous le déconseille vivement !

La voix masculine qui venait de résonner derrière elle la fit tressaillir. La gorge nouée, elle rejoignit le véhicule et posa la main sur la portière. Il lui en coûta, mais elle réussit à retrouver l'usage de la parole.

— Que... se passera-t-il à mon retour ?

— Vous le saurez à ce moment-là.

— Supposons que je refuse de revenir ? lança-t-elle, en proie à une panique soudaine.

Le Français haussa les épaules avec une nonchalance qui la perturba un peu plus encore.

— À vous de voir. Si j'ai bien compris, vous préféreriez que votre famille ne soit pas mêlée à cette affaire, n'est-ce pas ? Si vous décidiez de ne pas revenir, ce serait difficile à éviter dans la mesure où vous serez impliquée dans ce délit en qualité de *complice*.

Elle eut soudain l'impression que la température venait de chuter de plusieurs degrés. Elle n'avait pas le choix, et il le savait. Sans un mot, elle monta dans le véhicule. Après avoir refermé sa portière, Armand s'installa au volant. Comme il démarrait, elle vit à travers les vitres teintées Luc Barbier s'éloigner des bureaux pour se diriger vers la demeure qu'il habitait. Et elle se sentit soudain vidée de toutes ses forces.

N'oublie pas que tu t'es mise toi-même dans cette situation.

Ils étaient sur le point de sortir de la propriété et, du bout des lèvres, elle fournit à Armand les indications pour se rendre chez elle. Lorsqu'ils passèrent à côté de sa Mini, seule voiture garée sur le bord de cette route, elle réprima un soupir. Si seulement elle parvenait à convaincre Paddy de revenir afin de prouver son innocence...

Faisant comme toujours appel à son aptitude à positiver, Nessa redressa les épaules. Si elle montrait à Barbier qu'elle était prête à tout ou presque pour innocenter son frère, il finirait bien par laisser à Paddy une chance de s'expliquer. Mais pourquoi cette hypothèse lui semblait-elle soudain moins séduisante que la perspective de passer du temps avec ce diable d'homme ?

Lorsqu'elle revint un peu plus tard, le haras était plongé dans l'obscurité, et il y régnait un calme absolu. Armand la conduisit jusqu'au bureau d'un employé d'âge moyen, plutôt bel homme, qui donnait l'impression d'avoir été tiré de son sommeil. Il se présenta sous le nom de Pascal Blanc, manager du haras et des écuries de course de Barbier, bras droit de celui-ci et supérieur direct de Paddy.

Suite à quoi, il la conduisit jusqu'à une petite pièce assez spartiate, située au-dessus des écuries. Ce secteur était apparemment destiné au personnel occupant les postes les plus modestes. Mais Nessa, qui s'attendait à pire, apprécia le confort sommaire et la propreté de la chambre.

Après l'avoir informée que ses journées commenceraient à 5 heures du matin et qu'elle serait chargée de nettoyer la cour ainsi que les écuries, il la salua d'un signe de tête, prêt à quitter les lieux. Sur le seuil, il se ravisa cependant et se tourna de nouveau vers elle.

— Sachez que, si j'en avais eu l'occasion, j'aurais accordé à votre frère le bénéfice du doute en me fondant sur ce que je croyais connaître de lui. Nous aurions bien fini par tirer cette affaire au clair. Mais il est parti, et maintenant je ne peux plus rien faire pour lui à part espérer qu'il ne lui arrive rien de fâcheux — pas plus qu'à vous. Maintenant, il ne faudrait pas qu'il tarde à revenir. Ou à rendre l'argent.

Ne sachant que répondre, Nessa garda le silence.

— Luc... M. Barbier, enchaîna-t-il, n'apprécie pas qu'on le trahisse. Si votre frère est coupable, Luc ne se montrera pas tendre envers lui. Pas plus qu'envers vous.

En entendant ces mots prononcés par un homme bien moins intimidant que Barbier, Nessa eut l'impression que le tableau s'assombrissait davantage encore.

— Depuis quand connaissez-vous M. Barbier ? demanda-t-elle alors.

— Depuis qu'il a commencé à travailler pour Léo Fouret.

Impressionnée, Nessa cligna des paupières. Léo Fouret était l'un des entraîneurs les plus respectés dans le milieu de la compétition, avec de nombreuses victoires à son actif.

— Luc n'a pas grandi dans un milieu facile, mademoiselle O'Sullivan. Mais c'est un homme juste. Malheureusement, Paddy ne lui a pas laissé l'occasion de le démontrer.

« Luc n'a pas grandi dans un milieu facile. » Ces mots retentirent longtemps dans la tête de Nessa quand elle se retrouva seule dans la petite chambre. Puis elle finit par sombrer dans un sommeil agité, peuplé de rêves où elle montait un cheval et essayait d'aller de plus en plus vite, non pour remporter une course, mais pour fuir le danger terrifiant qui la poursuivait.

De quoi pouvait-elle bien rire ?

Luc était agacé par ce son joyeux provenant de la cour des écuries où les gens étaient censés travailler dans une atmosphère feutrée par égard envers le cheptel de grande valeur. Une seule personne pouvait être responsable de cet écart de conduite : la nouvelle arrivée dans l'équipe, Mlle O'Sullivan.

Son frère s'était rendu coupable d'escroquerie, et elle avait envie de rire ! Ses traits se durcirent. Les O'Sullivan s'étaient bien moqués de lui. Paddy avait détourné un million d'euros, et sa sœur, désormais sur le lieu du crime, jouait les innocentes !

Lâchant un juron, il posa d'un geste sec son stylo sur le bureau et se leva pour avancer vers la fenêtre qui surplombait les écuries. Il fouilla l'espace du regard, mais ne vit nulle trace de la jeune femme, ce qui ne fit que l'exaspérer davantage. Pourtant, n'avait-il pas délibérément évité de la rencontrer depuis son arrivée au haras ? Ce afin qu'elle ne s'imagine pas que le long dialogue qu'ils avaient eu le soir de leur rencontre avait des chances de se reproduire.

Et à présent, il était distrait alors qu'il ne pouvait pas se permettre de l'être. Il venait tout juste de réussir à convaincre Gio Corretti que la somme due n'était pas encore arrivée sur son compte à cause d'un problème informatique provenant de la banque.

La réputation de Luc au sein du cercle fermé des

éleveurs de pur-sang était à l'épreuve depuis qu'il avait été projeté sur le devant de la scène en remportant plusieurs courses. Mais le succès n'allait pas toujours de pair avec le respect, et il était considéré comme un « marginal » dans ce milieu où mieux valait être issu d'une famille d'éleveurs. Or il n'avait, lui, aucune ascendance digne de figurer parmi cette élite. Il occupait aujourd'hui une place de choix dans cet univers parce qu'il avait eu l'intelligence d'investir judicieusement l'argent gagné lors de diverses victoires, ce qui lui avait permis d'amasser une fortune.

Les gens pensaient qu'il nourrissait mieux ses chevaux qu'il ne se nourrissait lui-même, ce qui n'était pas entièrement faux. Les rumeurs concernant ses origines ne faisaient que s'ajouter à toutes les autres idées fausses et mensongères accolées à son nom. Or, s'il aimait bien perturber cette élite en affichant ses origines, il tenait aussi à être respecté. Respecté pour ce qu'il avait accompli avec un talent inné, un travail acharné et de la détermination.

Mais il ne désirait nullement que d'autres rumeurs se propagent, surtout si elles semaient le doute sur son aptitude à diriger son personnel. Il préférait que nul ne sache qu'il avait été assez stupide pour laisser s'envoler de son compte la modique somme d'un million d'euros !

Comment avait-il pu se laisser berner par l'air affable de Paddy O'Sullivan, par son enthousiasme contagieux, son côté original ? Il aurait dû être capable de repérer un voleur à mille lieues à la ronde ! N'avait-il pas grandi entouré de malfrats ?

Le rire léger résonna de nouveau, et il se raidit. L'adrénaline mêlée à quelque chose de plus ambigu s'insinua en lui. Les traits tendus, il se remémora les motifs de la présence de Nessa O'Sullivan dans son domaine. Elle ne se trouvait là que pour racheter la faute de son frère. *Rien de plus.* Et il ne fallait pas qu'elle oublie ce qui était en jeu.

— À qui parliez-vous ?

Nessa se figea en entendant la voix masculine qui venait de résonner derrière elle. Lentement, elle se tourna vers Barbier qu'elle n'avait pas revu depuis ce fameux soir où il l'avait surprise dans les bureaux. Et elle retint son souffle. Le ciel irlandais était bleu, l'air assez doux, mais de minuscules gouttelettes s'étaient déposées sur ses épaules et ses cheveux. Dans cet étrange halo, il donnait l'impression de scintiller. Comme le soir de leur première rencontre, il était tout de noir vêtu : jean usé et polo à manches courtes. Cette tenue toute simple mettait en valeur la superbe silhouette virile qu'elle avait à présent tout le loisir d'admirer.

— Eh bien ? J'attends toujours votre réponse.

Elle frissonna, surprise par l'impact qu'avait sur elle cette présence masculine.

— Je... parlais avec l'un des palefreniers.

— Au cas où vous ne l'auriez pas compris, je me permets de vous rappeler que vous n'êtes pas ici pour vous amuser, mademoiselle O'Sullivan !

Ce matin-là, elle avait relevé ses cheveux en chignon afin d'être plus à l'aise pour travailler. La brise jouait à présent avec les quelques mèches qui s'en étaient échappées, et elle les glissa d'un geste brusque derrière son oreille. Agacée par le trouble que suscitait en elle l'arrivée inopinée du maître des lieux, elle s'exprima plus sèchement qu'elle ne l'aurait voulu.

— Difficile de l'oublier, vu les nobles tâches qui m'ont

été assignées et la taille pour le moins exiguë de ma chambre !

Elle était bien consciente de véhiculer avec elle l'odeur des chevaux. Consciente aussi d'être aussi peu attirante que possible dans ce grand T-shirt et ce vieux jean sur lequel elle avait enfilé des bottes cavalières. Dans cet accoutrement, elle était sans doute moins que jamais son genre de femme !

Elle vit le gris de ses yeux s'assombrir, jusqu'à prendre la couleur de l'étain.

— Si mes souvenirs sont bons, vous m'avez certifié que le travail ne vous faisait pas peur. Vous m'avez également dit que vous étiez prête à... « offrir vos services » pour compenser la fuite de votre frère.

Il n'avait marqué qu'une brève pause avant de reprendre les termes en lesquels elle s'était elle-même exprimée quelques jours plus tôt, créant la confusion dans son esprit.

— Mais bien sûr, ajouta-t-il avec un ample geste du bras qui englobait la cour et les écuries, si vous jugez que la besogne est trop lourde pour vous...

Le ton sarcastique sur lequel il venait de s'adresser à elle la fit grimacer. Pensait-il que cela suffirait à la faire partir ? Ce travail-là n'avait en effet rien de passionnant, mais contrairement à ce qu'il avait l'air de croire, il n'avait rien de nouveau pour elle. Ce n'était pas la première fois qu'elle nettoyait des écuries !

Redressant les épaules, elle posa sur lui un regard dépourvu d'aménité.

— Et maintenant, si ça ne vous ennuie pas, nous allons en rester là. Je dois terminer de nettoyer la cour avant midi.

Barbier baissa les yeux sur sa montre en platine avant de reporter son attention sur la jeune femme.

— Allez-y, je ne vous retiens pas. Et la prochaine fois,

évitez de distraire mes employés. Ce n'est pas en flirtant ou en bavardant que vous tirerez votre frère de cette situation pour le moins embarrassante, ou que vous rendrez la tâche plus facile.

En « flirtant » ? L'homme avec lequel elle venait de bavarder avait la soixantaine ! Elle cherchait encore les mots pour se défendre quand Barbier tourna les talons et repartit. Et en dépit de la colère qu'avait fait naître en elle ce bref échange, elle ne put s'empêcher de suivre du regard l'odieux personnage. Jusqu'à ce qu'il entre dans un bâtiment et disparaisse de sa vue, elle garda les yeux rivés sur ses hanches, ses épaules, subjuguée par le mélange de force et d'élégance qui émanait de lui. Puis, furieuse contre elle-même, elle s'empressa de se remettre à l'œuvre avec un regain d'énergie.

— Elle est surqualifiée, Luc. Au point de ridiculiser ma propre équipe ! Elle ne compte pas ses heures, et je dois avouer que jamais la cour et les écuries n'ont été aussi propres.

Le palefrenier en chef ponctua ces mots d'un rire qui s'étrangla dans sa gorge quand Luc le fixa, le regard dur.

— Tu pourrais peut-être choisir une nouvelle équipe ? suggéra-t-il, glacial.

Mal à l'aise, Simon Corrigan toussota et changea de sujet.

— Est-ce que je pourrais savoir pourquoi elle n'est pas payée ? Il semblerait que...

— Non, tu ne peux pas.

Sa conscience commençant à le tarauder, Luc avait préféré interrompre son employé. Il admettait avoir de nombreux défauts, mais nul ne l'avait jamais accusé d'injustice. Seuls Pascal Blanc et lui-même connaissaient les dessous de cette affaire, et il tenait à ce qu'il continue d'en être ainsi.

Il y avait à présent une semaine que Nessa occupait ce poste. Contrairement à ce qu'il pensait, elle avait tenu bon. Il n'oubliait pas la scène qui s'était produite dans la cour, quelques jours plus tôt. Ses grands yeux mordorés pailletés de vert brillaient de colère, mais elle avait réussi à se contrôler — bien qu'il lui en ait manifestement coûté...

Il avait du mal à saisir sa propre façon de réagir lorsque la jeune femme se trouvait dans les parages. Quand il avait entendu son rire insouciant, par exemple, il s'était senti frustré. Ces quelques notes légères avaient éveillé en lui un instinct de possession totalement déplacé. Un instinct qui, d'ordinaire, n'était lié qu'à ses chevaux ou à ses biens. Or, il lui en avait voulu de rire avec un autre que lui !

— Où est-elle ? demanda-t-il d'un ton brusque à Corrigan.

— Elle s'occupe des étalons qu'il faut faire sortir des enclos. Est-ce que vous voulez que je lui transmette un message ?

Luc secoua la tête.

— Non, je m'en charge.

Quand il arriva dans les écuries réservées aux étalons, ceux-ci étaient installés pour la nuit, mais il n'y avait nulle trace de Nessa. Se sentant de plus en plus frustré, il décida de partir à sa recherche.

— Tu es un garçon magnifique, n'est-ce pas ? Oui, magnifique... et tu le sais ! Tiens, prends ça.

Le poulain de trois ans poussa un petit hennissement avant de mordre dans la carotte crue que lui tendait Nessa d'une main, tout en lui caressant l'encolure de l'autre.

Elle savait qu'elle n'aurait pas dû se trouver dans cette partie des écuries réservée aux pur-sang, mais l'envie l'avait emporté sur la raison. Pour la première fois depuis de longs jours, elle se sentait en paix. Depuis son arrivée chez Luc Barbier, elle n'avait pas pratiqué l'équitation, et le contact physique avec les chevaux lui manquait.

— Il me semble que vous n'étiez pas censée venir ici...

La sensation de paix qui l'habitait se dissipa aussitôt. Elle se tourna vers Barbier qui se tenait non loin d'elle. Il portait ce jour-là une chemise blanche qui accentuait le hâle de sa peau.

— Je suis en pause, lui répondit-elle, sur la défensive.

Se montrait-il aussi autoritaire avec tous ses employés ou était-elle la seule à bénéficier de ce traitement « de faveur » ? Elle devait admettre que, jusqu'ici, elle n'avait croisé personne qui semble mécontent de travailler à son service.

Soudain, il se rapprocha d'elle, et elle retint son souffle.

— Qu'avez-vous donné à manger à Tempest ? demanda-t-il en lui prenant la main.

Le contact de cette peau brûlante sur la sienne la déstabilisa. Elle voulut reculer. En vain, la cloison se trouvait juste derrière elle.

— Une carotte, répondit-elle.

— Personne n'a le droit de nourrir mes chevaux sans mon accord.

— Comme je viens de vous le dire, il s'agissait d'une carotte, rien de plus !

— Une carotte qui pourrait bien contenir du poison ou des traces de stéroïdes !

Nessa eut l'impression que le sang se figeait dans ses veines.

— Vous me croyez capable de chercher à nuire à vos chevaux ?

— Comment savoir de quoi vous êtes *capable*, Nessa O'Sullivan ? Pour moi vous êtes la complice d'un voleur, donc j'aime autant que vous vous teniez à l'écart de mes bêtes les plus précieuses. Comment avez-vous su qu'il s'agissait de *ce* cheval ?

Elle fronça les sourcils.

— De quel cheval ?

— Celui que j'ai acheté à Gio Corretti ! répliqua-t-il avec impatience.

Les yeux arrondis, elle secoua la tête.

— Je ne le savais pas. Je suis venue me promener par ici et, comme il avait l'air agité, je me suis approchée de lui, voilà tout.

Pendant les instants qui suivirent, Barbier regarda tour à tour le dénommé Tempest et la jeune femme. Comme il restait tourné vers l'animal, celle-ci en profita pour glisser sur le côté et s'écarter de lui. Elle put ainsi l'observer tandis qu'il caressait le cheval et lui parlait d'une voix douce.

— Tempest est agité depuis son arrivée, observa-t-il, interrompant le cours de ses pensées. Il n'a pas l'air très à l'aise dans ce nouvel environnement.

— Sa mère lui manque sans doute, avança Nessa.

Barbier posa sur elle un regard acéré.

— Ah ? Et qu'est-ce qui vous permet d'en être si sûre ?

Mal à l'aise, elle sentit le rose lui monter aux joues. Que pouvait-elle répondre à cela ? Comment expliquer à cet homme le lien étrange qui l'unissait aux chevaux ? Un lien qu'elle partageait avec son père et son frère.

— Simple supposition de ma part, murmura-t-elle avec un haussement d'épaules.

Elle comprit à l'expression de son visage qu'il ne la croyait pas, et les mots qu'il prononça confirmèrent ses pensées.

— Gio Corretti nous a dit, à votre frère et à moi, que nous risquions d'avoir des problèmes d'adaptation avec cette bête, parce qu'elle n'a été que récemment séparée de sa mère, ce qui est assez inhabituel. J'imagine donc que vous le saviez !

Il la fixait d'un œil méfiant, et elle haussa de nouveau les épaules. À quoi bon insister ? Il ne la croirait évidemment pas si elle affirmait s'être fiée à son propre instinct.

Sans même s'en apercevoir, elle tendit le bras vers l'animal et lui caressa le museau, comme elle le faisait au moment où Barbier l'avait interrompue. Cette fois encore, il l'empêcha de poursuivre en la saisissant par le poignet. Elle essaya de se dégager, mais il la tenait fermement. Il était tout près d'elle, et elle baissa les paupières, consciente du trouble que suscitait en elle cette présence masculine. Un trouble malvenu.

Elle tressaillit lorsqu'il écarta les doigts de sa main pour en observer la paume. Dans ce geste, elle lâcha la carotte qu'elle avait gardée dedans.

— Comment vous êtes-vous fait *ça* ?

Il examinait la peau rugueuse de ses mains, résultat des longues séances d'entraînement. Les ampoules, elles, étaient dues à ces dernières longues journées de dur labeur. Ne voulant surtout pas qu'il y voie la preuve de son habituelle oisiveté, elle retira la main d'un geste sec.

— Ce n'est rien, grommela-t-elle avant de se diriger vers la sortie. Il faut que je parte maintenant, ma pause est terminée.

Comme elle s'éloignait, elle éprouva des sentiments étrangement mêlés. Luc Barbier avait scruté sa main d'un air désapprobateur… mais aussi avec une attention soutenue que nul ne lui avait accordée depuis bien longtemps.

Sa sœur avait fait de son mieux au moment où leur mère les avait quittés, sans pour autant parvenir à la remplacer. Et meurtri comme il l'était, son père n'avait pas été à même de jouer son rôle. Ils avaient donc dû, ses frères et elle, se débrouiller par eux-mêmes. Il y avait donc bien longtemps que personne ne lui avait manifesté un intérêt aussi prononcé, ce qui expliquait sa réaction. Et que ce soit précisément Luc Barbier qui génère en elle ce genre d'émotions ne manquait pas de la surprendre.

Luc suivit la jeune femme du regard tandis qu'elle quittait l'enclos d'une démarche à la fois sportive et gracieuse. Quels étaient ses talents de jockey ? Il n'avait aucun mal à l'imaginer juchée sur un pur-sang, et son instinct lui disait qu'elle était très douée, bien qu'il ait du mal à l'admettre.

Il s'étonnait qu'elle ait réussi à apaiser Tempest, l'un des chevaux les plus instables qu'il ait jamais achetés. Cet animal était également doté d'un fort potentiel, et si son intuition concernant la lignée du poulain s'avérait fondée, le tarif élevé demandé par Gio Corretti paraissait justifié.

Il reporta son attention sur le poulain qui frotta la tête contre son épaule. Croyait-il réellement Nessa O'Sullivan capable d'empoisonner cet animal ? Avec un soupir, il ramassa la carotte lâchée par la jeune femme et la tendit à Tempest.

Non, bien sûr, jamais elle ne commettrait un acte d'une telle nature. Elle avait d'ailleurs paru très choquée qu'il puisse envisager une chose pareille. Mais tant que son frère n'aurait pas donné signe de vie, tant qu'il ne se montrerait pas disposé à rembourser la somme dérobée, les soupçons continueraient à peser sur Nessa.

3

— Vous allez quitter les écuries, décréta-t-il. Dorénavant, vous ferez partie du personnel de maison.

Nessa regarda Luc Barbier, assis à son bureau. Simon Corrigan, le chef des palefreniers, venait de lui annoncer qu'elle était attendue, et elle s'était donc rendue dans la grande demeure irlandaise, s'efforçant de ne pas se laisser intimider par le luxe environnant.

La pièce claire et spacieuse dans laquelle elle se trouvait à présent était cossue, élégante, avec ses épais tapis et ses murs lambrissés de chêne. Il y avait aussi une gigantesque bibliothèque qui occupait une paroi entière, ainsi que des tableaux de style moderne dont la présence ne manquait pas de surprendre dans ce décor classique.

Derrière Luc Barbier, une immense fenêtre offrait une vue splendide sur le haras. Nessa distinguait au loin les chevaux qui galopaient au cours d'une séance d'entraînement. Face à cette scène, elle sentit un petit pincement au cœur. Elle aurait tant aimé participer à cette séance…

Clignant des paupières, elle s'efforça de concentrer son attention sur Luc Barbier.

— Pardon ?

— Comme je viens de vous le dire, vous allez désormais vous installer ici.

Il avait parlé lentement, et elle remarqua que son accent français était plus perceptible. Dans cet environnement raffiné, il dégageait une espèce d'énergie brute.

— Pourquoi ?

— Ma gouvernante vient de perdre l'une de ses aides, et je lui ai annoncé que vous la remplaceriez.

Nessa déglutit péniblement.

— Vous voulez dire que... je vais être *femme de ménage* ?

— De nos jours, c'est plutôt le terme « aide ménagère » qui s'utilise, non ? répliqua-t-il avec un sourire en coin.

La colère l'emporta sur le sentiment d'humiliation, et elle le fixa, l'œil noir.

— Une façon comme une autre de me faire payer ma visite à l'écurie réservée aux chevaux de course, j'imagine ?

— Je ne suis pas aussi mesquin que vous le pensez !

Elle s'imagina soudain enfermée dans la maison, en train de faire la poussière, de nettoyer le sol, et eut l'impression d'étouffer.

— Vous m'avez bien crue capable d'empoisonner l'une de vos bêtes !

Il attendit quelques instants avant de reprendre la parole.

— Comment savoir de quoi vous êtes capable, Nessa O'Sullivan ? Vous vous retrouvez aujourd'hui dans cette situation pour avoir voulu me convaincre de l'innocence de votre frère. Mme Owens, ma gouvernante, a besoin de quelqu'un et...

— Et ma foi, comme vous me retenez en otage, autant faire de moi ce que bon vous semble, n'est-ce pas ?

— Permettez-moi de vous rappeler que vous êtes ici par votre propre choix. Vous avez *vous-même* proposé vos services. Libre à vous de partir.

— Et ?

— Et j'appellerai aussitôt la police locale.

— Pourquoi ne pas l'appeler tout de suite ? lança-t-elle, furieuse.

Imperturbable, Luc croisa les bras sur son bureau.

— Très simple. Parce qu'à ce stade je ne pense pas qu'il soit très judicieux, pas plus pour vous que pour moi, d'engager une telle action. Tenez-vous vraiment à mettre le nom de votre famille sur le devant de la scène, à ce que tout le monde sache ce qu'a fait Paddy ?

Une brusque sensation de froid l'envahit tandis qu'elle pensait à son père. Si celui-ci avait réussi à surmonter la douleur qui l'avait terrassé pendant de longs mois, il avait gardé sur son visage des traces de cette épreuve. Ces rides profondes dues à la perte de son épouse se creuseraient, son regard redeviendrait morne, perdu. Elle pensa aussi à Iseult et à son mari qui seraient atterrés par la nouvelle. Nadim voudrait aussitôt venir pour essayer de redresser la situation alors que la naissance de son enfant était proche.

Elle éprouva soudain un sentiment de haine pour l'homme qui lui faisait face, tranquillement assis à son bureau. Luc Barbier avait bouleversé le cours de sa vie, et cela menaçait d'empirer ! Une petite voix résonna alors en elle. *Qui est réellement à l'origine de tous tes problèmes ? Barbier... ou Paddy ?* Paddy, qu'elle avait décidé de défendre.

— Mieux vaut en effet que nul ne soit au courant de cette affaire, dit-elle avec un calme feint. Si je m'en tiens à vos consignes, vous me promettez de n'en souffler mot à personne ?

Il inclina la tête avec lenteur.

— Comme je viens de vous le dire, pour le moment nous n'avons aucun intérêt, ni vous ni moi, à ce que l'histoire s'ébruite.

Nessa plissa les yeux. Pourquoi Barbier tenait-il tant, lui aussi, à ce que rien ne se sache ? Elle ne fut pas longue à deviner la réponse. Si la nouvelle se répandait, sa réputation en pâtirait, et les vendeurs de chevaux éviteraient d'avoir affaire à lui. Une idée lui vint alors à l'esprit. Elle pourrait exiger de lui qu'il n'engage aucune poursuite contre Paddy, sans quoi elle le menacerait de répéter ce qu'elle savait. Mais elle renonça aussitôt à mettre cette idée en pratique. Luc Barbier ne lui donnait pas l'impression de se laisser facilement manipuler.

Qui plus est, elle ne se sentait pas prête à se livrer à ce genre de chantage et, de toute évidence, Paddy ne sortirait pas non plus indemne de cette affaire. Son frère parviendrait-il un jour à prouver son innocence ? Quand bien même, en supposant que ce soit possible, il aurait par la suite beaucoup de mal à retrouver un emploi dans ce secteur qu'il aimait tant. Il ne s'en remettrait pas, et le tort fait à son père et à sa sœur serait irréparable.

Comme s'il avait pu lire dans ses pensées, Barbier déclara :

— Vous représentez à l'heure actuelle la seule caution de votre frère. Sa seule garantie de protection. Si vous décidez de partir, je n'aurai plus aucun doute sur sa responsabilité dans ce détournement d'argent.

Nessa se mordit la lèvre. En d'autres termes, il n'était pas convaincu à 100 % de la culpabilité de Paddy ?

— Monsieur Barbier...

Il l'interrompit.

— Appelez-moi Luc. Je n'apprécie pas ce genre de cérémonie, même avec une présumée coupable.

« Présumée coupable. » Ces mots la blessèrent davantage qu'elle ne l'aurait imaginé. Elle n'avait jamais commis le moindre acte malhonnête de sa vie, exception faite de cette nuit fatidique où elle s'était introduite chez Barbier.

Un soupir s'échappa de ses lèvres, puis elle hocha la tête.

— Soit, je travaillerai donc comme… aide ménagère.

— À vous entendre, on croirait que vous avez le choix, observa-t-il.

Ses lèvres s'étaient retroussées en un sourire narquois, et il lui parut soudain plus attirant que jamais.

Dépêche-toi de quitter ce bureau.

— Je suppose que vous m'avez dit tout ce que vous aviez à me dire ?

Au regard dont il l'enveloppa, elle crut deviner qu'il était étonné, voire contrarié par sa réaction.

— En effet. Mme Owens viendra vous trouver et vous expliquera ce qu'elle attend de vous. Vous allez maintenant vous installer ici, dans l'une des chambres réservées au personnel.

Elle devrait donc quitter l'aile des écuries, et la perspective de ne plus voir les animaux l'attristait. Désormais, sa chambre se trouverait dans cette maison. Elle dormirait sous le même toit que Luc Barbier.

Luc.

Non, elle préférait ne pas l'appeler par son prénom. Il lui semblerait avoir avec cet homme une relation trop intime.

Comme elle regagnait la petite chambre qu'elle n'occuperait bientôt plus, elle prit le temps de s'arrêter dans le bâtiment des écuries pour caresser les chevaux. Leur contact et la vie au grand air lui manqueraient, elle en était convaincue. Son regard se posa soudain sur sa main, que Luc Barbier avait tenue et regardée. Elle fronça les sourcils. Serait-ce possible que… Qu'il ait décidé de lui confier un autre poste pour la ménager ?

Elle resta quelques instants figée, puis haussa les épaules. Quelle idée ! Non, évidemment.

Lorsque la porte du bureau se referma sur la jeune femme, Luc s'adossa à son siège en soupirant. Durant cet entretien avec Nessa O'Sullivan, il lui en avait coûté de ne pas se lever, la rejoindre et lui imposer le silence en l'embrassant.

Tu ne l'aurais embrassée que pour lui imposer le silence ? De qui te moques-tu ?

Comment était-il possible que cette jeune personne portant des vêtements usés, mal coiffée, pas maquillée, exerce sur lui un tel attrait ? Tout en elle lui plaisait, aussi bien son physique que sa force de caractère. C'était la première fois qu'une femme l'intéressait autant. D'habitude, ses histoires avec le sexe opposé se limitaient à une attirance physique qui ne durait en général pas bien longtemps.

Sa relation avec les femmes était très spéciale, il en était conscient. L'amour que lui avait porté sa mère avant de sombrer dans ces addictions qui l'avaient menée à sa perte restait pour lui un souvenir diffus. Quant aux filles du milieu qu'il fréquentait autrefois, elles étaient toutes aussi rudes et coriaces que lui-même, brisées par leur environnement et certaines épreuves que la vie leur avait imposées. Quand ce n'était pas le cas, elles s'empressaient de partir aussi loin que possible, comme il l'avait fait lui-même.

Parfois, les femmes qu'il croisait aujourd'hui, de la même sphère sociale que lui, lui rappelaient celles qui avaient jadis fait partie de son quotidien. Sous un luxueux vernis se cachaient souvent des personnalités assez dures.

Aucun de ces portraits ne correspondait à Nessa O'Sullivan. Elle l'intriguait donc d'autant plus, ce qu'il s'efforçait d'ignorer, sans grand succès. Il devait maintenir entre eux une distance respectable, ne pas oublier qu'ils étaient de connivence, Paddy et elle. Or, ce n'était pas toujours facile, car il devinait bien qu'il ne lui était pas indifférent. Certaines réactions de sa part ne laissaient aucun doute là-dessus. Et bien qu'il ait prétendu le contraire en affirmant qu'elle n'était « pas son genre », il devait admettre qu'elle lui plaisait. Beaucoup, même. Beaucoup trop.

Il se leva et se dirigea vers la grande fenêtre derrière laquelle s'étendait cette propriété qui était *la sienne*. Contempler ce haras, où se pratiquaient en parallèle l'élevage équestre et l'entraînement de chevaux de course, le comblait en général de satisfaction. Mais ce jour-là, ce sentiment était mitigé. Comme si quelque chose venait lui rappeler qu'il n'avait pas encore atteint la réussite. Pas tout à fait.

Et il continuerait d'en être ainsi tant que, en dépit des nombreuses victoires remportées par ses pur-sang, il ne serait pas respecté par ses pairs. Tant que, dans ce milieu, on continuerait à le regarder avec suspicion. Or, il tenait à être l'égal de tous ces propriétaires de haras. Il ne désirait rien de ce dont rêvaient en général les gens : trouver l'amour et fonder une famille.

L'amour. Qu'entendait-on par là ? C'était pour Luc une notion étrangère, liée à la confiance, au hasard, à la chance. Il ne comprenait pas par exemple que Nessa défende aveuglément son frère. Il lui semblait inconcevable qu'elle agisse ainsi par pure affection, par loyauté.

Rien ne comptait plus pour lui que l'ambition et les succès obtenus à la sueur de son front. L'héritage qu'il laisserait derrière lui serait bien différent de celui qui lui avait été légué. Dans l'univers de la course équestre, son nom serait considéré comme une référence, et non des moindres.

Pourtant ce jour-là, pour la première fois, il eut un

doute. Obtenir le respect de ses pairs suffirait-il à combler l'étrange vide qu'il ressentait ?

Ce fut alors qu'un éclair cuivré, près des écuries, attira son attention. Il se réjouit un instant que quelque chose vienne interrompre le cours de ses sombres pensées. Mais la vue des cheveux de Nessa ne le confrontait-elle pas à un problème d'une autre nature ?

À quoi bon chercher à se voiler la face ? Il la désirait... et devrait faire en sorte d'ignorer ce désir !

— Voilà ma belle, c'était la dernière corvée de la journée. Il ne vous reste plus maintenant qu'à monter vous occuper de la suite de M. Barbier. Je voulais le faire, puisqu'il rentrera de Paris tard dans la soirée, mais je n'ai pas eu une seule minute de libre aujourd'hui, avec cette fête qui approche.

Nessa hocha la tête et prit le panier rempli de produits d'entretien que lui tendait Mme Owens. Ainsi donc, après s'être absenté trois jours pour visiter ses écuries situées aux abords de la capitale française, Luc Barbier s'apprêtait à rentrer... Et c'était *elle* qui allait devoir préparer *sa* chambre ! Ce alors qu'elle se réjouissait que la journée soit presque finie, car comme elle le redoutait, ce nouvel emploi ne lui convenait pas du tout. Se livrer à des tâches ménagères qui s'enchaînaient, toujours enfermée dans la maison, ne présentait pour elle aucun intérêt. Elle avait aussi secondé Mme Owens dans les préparatifs de la réception qui devait se dérouler le week-end suivant pour célébrer la plus prestigieuse course de la saison irlandaise.

Sur le point de tourner les talons, la gouvernante lança :

— J'ai posé du linge propre sur la commode. Quand vous aurez changé les draps et refait le lit, vous serez libre.

Libre ? Elle ne l'était plus depuis un certain temps !

Réprimant un soupir, Nessa monta l'escalier et s'arrêta au deuxième étage, où se trouvaient toutes les chambres de la superbe demeure. Le premier étage était lui occupé par les bureaux de Barbier ainsi que par une salle de sport. Il y avait là également une grande pièce destinée aux réunions avec la presse, laquelle était dotée d'une salle de projection.

L'immense salle de bal où aurait lieu la fête était située au rez-de-chaussée. Les nombreuses portes-fenêtres ouvraient sur des jardins parfaitement entretenus. D'autres salons et salles à manger, réservés à des occasions moins importantes, occupaient ce niveau. Les cuisines et logements dédiés au personnel se trouvaient, eux, en sous-sol.

L'ensemble constituait une superbe et vaste bâtisse, comparée à laquelle la maison des O'Sullivan faisait piètre figure. Mais quelle importance ? Avec un léger haussement d'épaules, elle traversa le long couloir du deuxième étage et, après être passée devant une multitude de portes, arriva devant la suite réservée au maître des lieux.

Elle hésita quelques instants sur le seuil, puis se résolut à le franchir. Dès qu'elle eut poussé la porte de ses appartements, le parfum boisé et musqué de Luc Barbier l'enveloppa, et elle sentit sa gorge s'assécher. Avec des gestes vifs, elle posa le panier que lui avait donné la gouvernante et s'empressa d'ouvrir en grand les fenêtres pour essayer de dissiper ces senteurs masculines qui lui rappelaient trop le maître des lieux.

Comme elle allait et venait dans l'alignement des pièces, toutes claires, spacieuses et parfaitement aménagées, elle remarqua bon nombre de toiles et de sculptures modernes, semblables aux tableaux qui ornaient les murs de son bureau. Elle vit aussi une importante bibliothèque où de grands classiques côtoyaient des romans policiers.

Ce décor sobre et raffiné dans un dégradé de gris rappelant la couleur de ses yeux, ces objets, ces livres, reflétaient l'image d'un homme qui s'intéressait à la culture. Une image différente de celle que transmettait son physique qui n'aurait pas déparé dans un western ou dans un film de gangsters.

Elle posa alors le regard sur un grand fauteuil en velours anthracite, et il lui en coûta de ne pas s'y pelotonner, un livre à la main. Soudain, elle s'aperçut qu'elle était épuisée. Le stress permanent, ajouté à la somme de travail et aux nuits sans sommeil, pesait tout à coup sur ses épaules. Elle n'avait pourtant rien d'une fleur fragile, en général, et ne rechignait pas à la tâche, mais ces dernières journées ne s'étaient pas révélées de tout repos.

Au prix d'un gros effort, elle prit un chiffon et le passa sur les meubles. Après avoir retardé le plus possible ce moment fatidique, elle se résolut enfin à entrer dans la chambre de Luc Barbier. Face à l'immense lit qui occupait le centre de la pièce, elle retint son souffle tandis que certaines scènes défilaient dans son esprit. Des scènes ardentes qui n'étaient pas sans la surprendre. Cet homme-là réussissait à mettre ses sens en éveil, à provoquer en elle un désir qu'elle n'avait jusque-là jamais ressenti.

Elle était vierge et trouvait particulièrement incongru ce désir subit, alors même que Luc lui avait dit en des termes très clairs qu'elle ne lui plaisait pas !

Elle s'était souvent demandé pourquoi les baisers des garçons, au lycée ou à l'université, la laissaient de marbre. Son attitude lui avait d'ailleurs valu le surnom de « princesse des glaces ». Peu à peu, elle s'était refermée sur elle-même, choisissant de ne pas s'exposer aux moqueries de ses camarades.

Elle changea les draps en un temps record, pressée d'en finir, et s'apprêtait à quitter les lieux quand son regard fut attiré par la fenêtre. Et elle s'arrêta, médusée par la beauté du spectacle qui s'offrait à elle. Le soleil baissait à l'horizon, embrasant le ciel qui déployait une palette de tons roses et orangés. Les silhouettes des chevaux qui rejoignaient au galop les écuries se découpaient sur cette somptueuse toile de fond.

Et, vaguement consciente de transgresser les règles qu'elle était censée respecter en qualité d'employée, elle s'installa dans le fauteuil qui faisait face à cette fenêtre. Les genoux repliés sous elle, elle contempla ce magnifique tableau vivant. Ce fut alors que les souvenirs affluèrent.

Nessa croyait comprendre d'où venait cette froideur qui lui avait été reprochée par ses rares petits amis. Le décès de leur mère avait profondément affecté tous les membres de la famille. Iseult avait grandi du jour au lendemain afin de prendre du mieux possible la place de la disparue. Chacun à sa façon, les garçons s'étaient à quelques reprises écartés du droit chemin, mais avaient toujours su pouvoir compter l'un sur l'autre. Alors que Eoin et elle, qui étaient jumeaux, n'avaient jamais réussi à tisser entre eux ce lien très fort dont on parlait tant.

Quant à leur père, il était vite devenu l'ombre de lui-même.

Mais Nessa était alors trop jeune pour savoir comment gérer cette terrible perte et avait fait en sorte de cacher son chagrin. Au lieu d'affronter ce deuil, elle avait préféré se réfugier dans ses rêves. Plus précisément, *son* rêve, celui de devenir une femme jockey reconnue.

De temps en temps, cette douleur qu'elle avait voulu

refouler se manifestait avec violence, et elle avait alors l'impression de suffoquer. Parfois, quand elle regardait sa sœur et son mari, elle percevait entre eux un lien intime très fort qu'elle enviait, mais qui, en même temps, l'effrayait. Elle ne s'imaginait pas aimer ainsi quelqu'un. Quelqu'un qu'elle pourrait perdre, ce qui l'anéantirait.

Jusque-là, elle avait donc fui toute relation susceptible d'aboutir à la perte de l'être cher et donc à une insupportable souffrance. Pourtant, avec Luc Barbier, la situation lui semblait différente...

Luc était fatigué et frustré. Il venait de passer trois jours à travailler sans relâche avec l'un de ses plus grands espoirs, un cheval baptisé Sur la Mer. Alors que ce pur-sang allait participer à une course importante dans quelques semaines, aucun de ses jockeys ne semblait capable d'en tirer le meilleur parti.

Mais le sentiment de frustration qui l'habitait n'était pas dû à ce seul souci. Il pensait trop souvent à Nessa O'Sullivan. Au point d'en rêver presque toutes les nuits, ce qui n'était pas dans ses habitudes. D'ordinaire, il rencontrait une femme qui lui plaisait, passait quelques nuits avec elle et tournait la page. Avec Nessa, ce n'était pas aussi simple.

Il avait assisté à Paris à une vente aux enchères organisée par une association caritative où il avait croisé bon nombre de jolies femmes. Mais aucune d'entre elles n'avait éveillé en lui le moindre intérêt. Au lieu de cela, il s'était surpris à s'interroger sur l'apparence qu'aurait Nessa dans l'une de ces jolies tenues...

Il était temps de se ressaisir ! se dit-il en traversant le long couloir qui menait à ses appartements. Une douche froide et une bonne nuit de sommeil l'aideraient à recouvrer ses esprits.

Mais le sort en avait décidé autrement.

Il ouvrit la porte sans allumer la lumière, habitude qu'il gardait de l'époque où il côtoyait jour et nuit le danger, et se figea, sentant aussitôt quelque chose d'inhabituel. Son regard fut alors attiré par le panier contenant les produits d'entretien posé sur la commode. Puis il *la* vit. À moins qu'il ne s'agisse d'une hallucination.

Recroquevillée dans le grand fauteuil situé face à la fenêtre, elle paraissait profondément endormie. Il se rapprocha à pas feutrés de la silhouette féminine abandonnée dans le sommeil et sentit monter en lui ce désir qui, depuis leur rencontre, le tenaillait, augmentait de jour en jour. Elle ne portait plus ces vieux jean et T-shirt avec lesquels elle travaillait aux écuries, mais la traditionnelle tenue noire et blanche du personnel de maison. Plus stricte, moins attirante, songea-t-il. Jusqu'à ce que son regard s'arrête sur le haut du chemisier qui dévoilait la naissance de sa poitrine, menue, mais joliment arrondie et très tentante.

Tous les muscles de son corps se tendirent, et il sentit le désir s'emparer totalement de lui, balayant sur son chemin toute forme de retenue.

Comme si elle prenait soudain conscience d'une présence auprès d'elle, Nessa bougea. Il la vit battre des cils, puis chercher à ouvrir les yeux. L'esprit encore embrumé, elle cligna des paupières. Puis elle fixa le regard sur Luc, et il eut envie de se perdre dans ces prunelles dorées pailletées de vert. Envie de prendre cette bouche entrouverte, de caresser ce corps qui semblait s'offrir à lui.

Elle continuait de cligner des paupières, l'air innocent, et ce fut alors qu'un brusque accès de colère monta en lui. Nessa O'Sullivan était une excellente comédienne !

Il avait bien failli croire que cette scène n'avait pas été minutieusement organisée.

— Tiens, tiens..., lâcha-t-il avec un sourire en coin. Que se passe-t-il donc par ici ? Je ne m'attendais pas à un accueil pareil !

Au moment où elle se redressait dans le fauteuil, le col de son chemisier s'ouvrit un peu plus, et la vue de cette peau blanche, diaphane, ne fit qu'accentuer la colère qui avait surgi en lui.

— Pourquoi être restée dans ce fauteuil, ma chère Nessa ? Pourquoi ne pas m'avoir attendu carrément nue, dans le lit ?

4

Nessa leva les yeux vers Luc Barbier qui la regardait d'un air furieux. Sa barbe de trois jours rendait l'expression de son visage encore plus inquiétante. Pendant un bref instant, les derniers mots qu'il avait prononcés demeurèrent suspendus dans l'air sans qu'elle en saisisse la teneur.

Elle ne voyait que ses cheveux emmêlés, la chemise blanche au col déboutonné qui révélait une peau tannée par le soleil. Un frisson la parcourut tandis que ses sens lui envoyaient des signaux dangereux, puis l'air se raréfia autour d'elle quand elle prit la mesure de l'insulte contenue dans ses propos. Une insulte qui agit sur elle comme un électrochoc.

Parfaitement éveillée à présent, elle quitta le fauteuil.

Alors qu'elle portait des vêtements froissés empestant les produits d'entretien, il avait imaginé…

Une bouffée de colère la saisit.

— Comment osez-vous insinuer une chose pareille ?

Luc pencha la tête de côté et croisa les bras sur sa poitrine.

— Je pénètre dans ma chambre et j'y découvre une femme feignant d'être endormie… Comme je vous l'ai dit, en général, je les retrouve dans mon lit et beaucoup moins vêtues que vous ne l'êtes. Mais le message demeure le même : elles veulent coucher avec moi.

Nessa demeura un instant muette, stupéfiée par l'arrogance dont il faisait preuve. Puis, elle reprit contenance.

— Désolée de vous décevoir, mais je suis venue ici pour faire le ménage, rien de plus. Puis, je me suis assise dans le fauteuil et me suis assoupie. Acceptez mes excuses pour cela. Je n'ai pas pénétré dans cette chambre pour...

— Me séduire ? acheva-t-il en haussant un sourcil.

Avant qu'elle puisse répondre, il poursuivit sur sa lancée :

— Sachez que je ne suis pas un adepte de ce type de jeu. Quand je désire faire l'amour, mon approche est plus... traditionnelle. Plus directe, plus intense, et sans chichis.

Une bouffée de chaleur saisit Nessa à l'idée de s'offrir à cet homme au physique si attirant. Elle sentit la sueur perler à son front et entre ses seins. Puis, la colère prit le pas sur son trouble.

— Je ne suis pas ici pour séduire qui que ce soit. Mon seul tort est de m'être assoupie en plein travail. Et si vous voulez bien m'excuser, je vais vous laisser tranquille, maintenant.

Quand elle voulut le contourner en prenant soin de garder ses distances, il lui agrippa le bras et prononça quelques paroles incompréhensibles en français. Dans son geste, sa main frôla sa poitrine. Le cœur de Nessa se mit à battre la chamade. Dans la pénombre, elle ne voyait plus que les traits sublimes de Luc Barbier.

— Tranquille ? répéta-t-il d'un ton sec. J'ai eu très peu de tranquillité ces temps-ci, depuis que votre frère s'est volatilisé avec un million d'euros et que sa tentatrice de sœur s'amuse à des jeux pervers. Alors, quel est votre programme, Nessa ? À quel jeu jouez-vous ? Parce que je vous préviens : vous vous brûlerez les ailes si vous manigancez des coups tordus !

Son regard brûlait d'une intensité insoutenable. Luc en

devenait affreusement intimidant. D'un geste brusque, Nessa dégagea son bras et fit un pas de côté.

— Je ne joue à aucun jeu, dit-elle d'une voix tremblante. Je ne saurais même pas comment m'y prendre. Je ne suis pas venue ici avec l'intention que vous me prêtez.

Soudain prise d'un rire hystérique qu'elle parvint toutefois à contenir, elle songea à l'ironie de la situation. L'idée même de jouer les séductrices avec un homme, quel qu'il soit, et encore plus avec un homme comme Luc Barbier, ne l'aurait jamais effleurée. Elle en était parfaitement incapable.

Luc la considéra d'un air sévère.

— Vous pensiez que je serais assez stupide pour vous croire assoupie, comme la Belle au bois dormant attendant son prince charmant ?

Le rouge lui monta aux joues au souvenir des minutes qu'elle avait passées à rêvasser, comme une adolescente en mal d'amour. Une attitude qui ne lui ressemblait pas du tout.

— Je ne crois pas aux contes de fées, objecta-t-elle sèchement. Et rassurez-vous, je sais que vous n'avez rien d'un prince.

Luc posa les mains sur ses bras, l'obligeant ainsi à lui faire face. Son regard avait pris une teinte gris acier.

— Que voulez-vous dire par là ?

— Je...

Les mots demeurèrent bloqués dans sa gorge. Nessa ne pouvait plus détacher le regard du visage de Luc, juste au-dessus du sien. Les lignes sensuelles de sa mâchoire l'envoûtaient.

— Je... ne voulais... rien dire du tout.

Cet homme n'était pas un prince, mais un être sauvage,

doté d'une poigne de fer et capable de douceur seulement quand il s'occupait de ses chevaux.

Luc esquissa un sourire narquois.

— Je ne serai sans doute jamais un prince, mais vous êtes mal placée pour me regarder de haut. Vous n'êtes que la sœur d'un voleur qui a cru à tort pouvoir payer sa dette en jouant la carte de la séduction. Comme je vous l'ai dit, nous aurions pu économiser un temps précieux si vous m'aviez attendu nue dans mon lit au lieu de tenter de me faire croire à votre innocence.

Incapable de se maîtriser, Nessa lui assena une gifle retentissante. Puis, effarée par ce geste qui lui avait échappé, elle se sentit blêmir et trembler de tous ses membres. Toute sa colère s'était évaporée.

Luc tourna lentement la tête vers elle, le regard noir. Une empreinte livide marquait sa joue droite.

— Luc, je suis désolée ! s'écria Nessa, utilisant pour la première fois ce prénom. Je ne voulais pas... vous gifler. Mais Paddy n'est pas un voleur, vraiment pas...

— Taisez-vous, espèce de tigresse ! Je ne veux plus entendre le moindre mot.

Avant qu'elle puisse esquisser un geste, Luc l'attira contre lui. Il la serrait si fort que leurs corps paraissaient soudés l'un à l'autre. Tous les sens en émoi, Nessa ne voyait plus rien, excepté le regard insondable de Luc rivé au sien. Elle ne ressentait aucune frayeur, mais un trouble enivrant, une excitation intense.

Quand elle voulut ouvrir la bouche, Luc l'en empêcha.

— Plus un mot.

Et quand ses lèvres happèrent les siennes, Nessa ressentit une profonde exaltation. Le corps brûlant de désir, elle sentit une chaleur intense se répandre dans ses veines.

Puis Luc resserra son étreinte, et elle se cambra pour

mieux épouser les courbes de son corps. Jamais personne ne l'avait embrassée avec une telle fougue. Les rares baisers échangés avec des garçons à l'époque où elle était étudiante ne lui avaient laissé aucun souvenir marquant. Mais aujourd'hui, pour la première fois de sa vie, elle découvrait un univers de sensualité dont elle ignorait tout.

C'était prodigieux, d'une pureté absolue. Ensorcelant. À tel point que Nessa aurait aimé que ce moment se prolonge indéfiniment. Sans même s'en rendre compte, elle avait noué les bras autour du cou de Luc.

Il n'y avait aucun bruit dans la pièce, excepté celui de leurs souffles saccadés auxquels se mêlaient les battements de leurs cœurs. Quand Luc entreprit de défaire les boutons de son chemisier, elle sentit l'air frais glisser sur sa peau dénudée et les pointes de ses seins se dresser.

Sans opposer la moindre résistance, elle le suivit jusqu'au lit où il l'attira sur ses genoux, sans cesser de l'embrasser. Nessa se sentait légère, euphorique, comme emportée dans un tourbillon vertigineux.

Comme Luc lui ôtait son chemisier, elle ouvrit les yeux et croisa son regard incandescent. Une expression sauvage se lisait sur ses traits. Lorsqu'il prit l'un de ses seins en coupe, elle laissa échapper un gémissement. Puis une sorte de décharge électrique la secoua tout entière.

Quand elle revint à la réalité, elle vit que Luc lui souriait. C'était la première fois qu'il lui dévoilait tout son pouvoir de séduction. Cet homme, beau comme un dieu, possédait aussi un charme fou.

Soudain, elle se crut plongée en plein rêve. La scène qu'elle venait de vivre ne pouvait pas être réelle.

Puis, elle se rendit à l'évidence. Tout était vrai, et l'heure était venue de mettre un terme à cette situation.

Rassemblant toutes ses forces, elle posa les mains sur

les épaules de Luc et se leva brusquement pour échapper à son étreinte.

Elle remit son chemisier puis, luttant contre l'élan qui la poussait vers Luc, elle dit :

— Je ne suis pas venue ici... pour ça. Vraiment pas.

Luc résista à la tentation de l'attirer à nouveau dans ses bras. Pourtant, le désir de posséder cette femme fusait dans ses veines. Il n'avait jamais rien ressenti de tel. Nessa le dévisageait d'un air hagard, effrayé, tel un animal blessé. Elle avait les joues rouges, les cheveux emmêlés et le souffle court.

« Je ne suis pas venue ici... pour ça. »

Se pouvait-il qu'il se soit mépris sur ses intentions ? Nessa disait-elle la vérité en prétendant s'être endormie en plein travail ?

Chassant le doute qui s'était insinué en lui, il revint à la raison. Il n'y avait rien d'innocent dans le comportement de cette diablesse. Elle jouait avec lui, mais il ne la laisserait pas le manipuler. Il s'était déjà trop exposé. Et le fait qu'elle l'ait repoussé la première prouvait qu'elle contrôlait parfaitement ses émotions. Beaucoup mieux que lui. Désormais, il veillerait à ne plus tomber dans un tel piège.

Prenant une profonde inspiration, Luc se mit debout à son tour. Nessa recula aussitôt d'un pas, comme si elle craignait qu'il ne la touche à nouveau. Ce geste de rejet l'interloqua.

— Coucher avec moi n'arrangera ni votre situation ni celle de votre frère. Je vous ai déjà dit que je n'aimais pas jouer. Alors, Nessa, à moins d'admettre que vous me désirez autant que je vous désire, sans engagement d'aucune sorte bien sûr, vous allez devoir sortir de cette chambre.

Les termes cyniques employés par Luc pour la congédier la sidérèrent par leur brutalité. Résistant à l'envie de clamer son innocence, elle préféra se murer dans le silence et sortit, son panier de produits d'entretien sous le bras.

Quand Nessa regagna enfin sa chambre, elle en verrouilla la porte et s'y adossa, le cœur battant à tout rompre. Son corps vibrait encore de désir. C'était une sensation inédite pour elle.

Et elle prenait toute la mesure de la situation : il s'en était fallu de peu qu'elle offre à Luc Barbier ce qu'elle n'avait jamais donné à personne : sa virginité. Si elle avait sauté le pas, cet homme qui n'éprouvait pour elle que dédain et méfiance aurait découvert à quel point elle était vulnérable.

Heureusement, elle s'était écartée du précipice à temps. Et elle tremblait à présent en imaginant la réaction de Luc s'il avait découvert qu'elle était vierge. Pas de doute, il se serait moqué d'elle et l'aurait repoussée.

Soudain, les mots qu'il avait prononcés lui revinrent en mémoire… « À moins d'admettre que vous me désirez autant que je vous désire, sans engagement d'aucune sorte bien sûr… » Des mots qui firent naître des frissons dans tout son corps. Se pouvait-il qu'il éprouve une réelle attirance pour elle — et semblable à la sienne ?

Luc venait de prendre une douche glacée qui, hélas ! n'avait pas apaisé le feu qui brûlait en lui. Qu'il ait failli commettre l'irréparable avec Nessa le stupéfiait. Cette diablesse l'avait ensorcelé. Et, pis que tout, c'était elle qui, parfaitement maîtresse de ses émotions, avait mis un terme à leur étreinte. Quant à lui, il avait fait preuve d'une vulnérabilité qui ne lui ressemblait pas.

Il avait failli perdre pied avec une femme en qui il n'avait aucune confiance. Faire l'amour avec elle aurait rendu la situation encore plus compliquée qu'elle ne l'était déjà.

Il eut un frisson en imaginant l'emprise qu'elle aurait eue sur lui s'ils s'étaient donnés l'un à l'autre. Elle aurait profité de cette intimité partagée pour atteindre les buts qu'elle s'était fixés. Car, inutile de se leurrer, elle avait un plan précis.

Il contempla son reflet dans le miroir, et son regard se durcit. Si cette ensorceleuse se croyait irrésistible, elle se trompait. Il ne la poursuivrait pas de ses assiduités. Et désormais, il demeurerait sur ses gardes pour ne plus être pris au dépourvu.

Après avoir noué une serviette de bain autour de sa taille, il décida d'envoyer un message de relance à la société de sécurité à laquelle il avait fait appel pour retrouver la trace de Paddy O'Sullivan.

Plus vite il aurait retrouvé le frère de Nessa et l'argent qu'il lui avait dérobé, plus vite il serait débarrassé d'elle.

Deux soirs plus tard, Nessa accomplissait la tâche qu'on lui avait confiée pour la réception organisée par Luc. Vêtue d'un chemisier blanc et d'une jupe noire, elle déambulait parmi les invités, un plateau rempli de coupes de champagne à la main. Si elle n'avait pas été aussi fatiguée, elle aurait été subjuguée par la beauté du décor dans lequel elle évoluait. Après une journée printanière particulièrement douce, le soleil avait laissé des traces incandescentes dans le ciel, baignant les jardins d'une clarté irréelle. Et les bougies disposées çà et là nimbaient les convives d'une lumière dorée.

Elle soupira de soulagement en constatant que les invités la délestaient volontiers des coupes de champagne qui pesaient sur son plateau. Tout en arpentant la salle, elle ne quittait jamais des yeux la haute stature de Luc, dans le but de l'éviter le plus possible. Elle était encore sous le choc de ce qui avait failli se produire lors de leur dernier tête-à-tête. Il fallait à tout prix éviter une nouvelle confrontation.

Malgré elle, son regard, comme celui des autres femmes, était constamment attiré par sa silhouette élégante. Dans son smoking, il était tout simplement sublime. Son physique d'athlète dépassait de loin celui des autres hommes présents.

Soudain, les propos qu'échangeaient deux femmes postées près d'elle captèrent son attention. Elle tendit l'oreille et saisit quelques bribes de leur conversation.

— Il paraît qu'il est prodigieux au lit...

— Il serait né dans la rue...

— C'était un délinquant...

— S'il en est arrivé là, c'est parce qu'il a couché avec la femme de Léo Fouret, lequel a préféré acheter son silence plutôt que de mourir d'humiliation...

Nessa réprima un frisson. Jamais elle n'avait eu connaissance de cette rumeur auparavant. Elle savait seulement que Luc et Léo Fouret s'étaient quittés en mauvais termes.

Les deux femmes s'éloignèrent, laissant place à d'autres invités qui la soulagèrent des dernières coupes restant encore sur son plateau. Elle bénit l'occasion qui lui était donnée de se réfugier en cuisine pour refaire le plein de boisson. Juste avant d'en prendre la direction, elle ne put s'empêcher de lancer un dernier regard vers

Luc, mais ce dernier, occupé à discuter avec quelqu'un, lui tournait le dos.

Regrettant de s'être montrée indiscrète en écoutant les ragots des deux femmes, elle se fraya un chemin dans la foule en évitant soigneusement l'endroit où se tenait Luc. Quant aux rumeurs qui circulaient sur lui, elle ne savait qu'en penser. Comme avait coutume de le dire son père, il n'y avait pas de fumée sans feu. Et, pour avoir été victime de l'attirance qu'exerçait Luc sur elle, elle imaginait assez bien que d'autres femmes, mariées ou non, aient pu tomber sous son charme.

— Comment se fait-il que Nessa O'Sullivan travaille en qualité de serveuse chez vous, Barbier ? J'ai du mal à croire qu'elle ait des soucis d'argent !

Luc mit quelques secondes avant de comprendre ce que lui disait son voisin. Surpris, il demanda :

— Vous la connaissez ?

— Évidemment ! L'Irlande est un petit pays. Son père était l'un des meilleurs entraîneurs de chevaux, à une époque. Avant qu'il sombre dans la boisson et perde presque tout. La famille s'en est sortie, mais je crains que la réputation des O'Sullivan soit entachée à jamais. Même avec la mine d'or que représente le gendre de Jack.

Luc détestait les ragots, mais cette fois il y prêta une oreille attentive.

— De quoi parlez-vous ?

Percy Mortimer, l'un des experts équestres les plus connus en Angleterre, se tourna vers Luc.

— La sœur aînée de Nessa, elle-même entraîneuse de talent, a épousé le richissime cheikh Nadim Al-Saqr de Merkazad, qui a racheté leurs écuries il y a quelques années. Quant à Nessa, c'est une bonne cavalière. Je l'ai vue participer à des courses par le passé, mais elle n'a jamais remporté de trophée jusqu'ici.

Luc n'en revenait pas... Le cheikh Nadim était un concurrent sérieux dans le milieu équestre. Jusque-là, Luc n'avait jamais su qu'il possédait les écuries des O'Sullivan.

Percy parlait toujours, mais Luc ne l'écoutait plus. Son regard parcourait la foule à la recherche de Nessa. Quand il l'avait aperçue plus tôt dans la soirée, dans sa tenue de serveuse, les battements de son cœur s'étaient accélérés.

Bon sang ! Où était-elle maintenant ?

Quand il voulut partir à sa recherche, il aperçut un groupe de jeunes gens venant dans sa direction, menés par Pascal.

Son entrevue avec Nessa allait devoir attendre, mais cette fois il ne la laisserait pas se moquer de lui. Il l'obligerait à répondre à ses questions. Elle serait contrainte de s'expliquer sur les raisons qui l'avaient poussée à accepter de travailler gratuitement pour éponger la dette de son frère alors qu'il lui aurait suffi de solliciter son beau-frère.

Nessa ne sentait plus ses mains et ses pieds tant ils la faisaient souffrir après le marathon qu'avait représenté la réception. Maintenant que la fête était achevée, elle pouvait enfin souffler un peu. Comme attirée par une étrange force magnétique, elle prit la direction des écuries, le seul endroit susceptible de lui redonner un peu d'énergie.

Toute la soirée, elle avait épié le moindre mouvement de Luc. À un moment, elle avait croisé son regard et cru qu'il cherchait à lui délivrer un message. Un message dénué de toute amabilité, comme le prouvait son regard dur. Après cela, elle avait veillé à demeurer hors de sa portée tout en ayant le sentiment d'être épiée, elle aussi.

Alors qu'elle atteignait le centre des écuries, elle se rendit compte qu'elles étaient désertes. Puis, elle se souvint qu'on avait transféré les étalons ailleurs en attendant que les enclos soient repeints.

Des matériaux de rénovation avaient été entreposés dans un coin, ainsi qu'une pile de draps blancs. Mieux valait qu'elle s'en aille, songea-t-elle, pour éviter d'être à nouveau accusée d'avoir enfreint les règles en pénétrant dans un endroit interdit.

Au moment où elle rebroussait chemin, son cœur fit une embardée quand elle vit que Luc lui bloquait le passage. Il se tenait sur le seuil des écuries, sa haute silhouette dessinée par le clair de lune.

Trop tard...

Dans la pénombre, elle vit que son nœud papillon était défait et son col de chemise déboutonné.

Les mains dans les poches, il s'approcha d'elle. Quand il fut à quelques pas, elle eut soudain l'impression que l'air se raréfiait. Son regard luisait de fureur contenue.

— Je sais... que je... je ne devrais pas être ici...

— Ce n'est pas ça l'important. Il faut que nous ayons une petite conversation.

Elle écarquilla les yeux de surprise.

— À quel sujet ?

Luc croisa les bras sur son torse puissant.

— Au sujet d'informations que vous avez préféré taire. Comme le mariage de votre sœur avec le cheikh Nadim Al-Saqr de Merkazad, par exemple, et le fait qu'il possède vos écuries.

Comme Nessa demeurait silencieuse, il poursuivit :

— Un million d'euros représente peu de chose aux

yeux d'un milliardaire. Pourquoi diable Paddy a-t-il choisi de compromettre sa carrière alors qu'il lui aurait suffi de demander l'aumône à son beau-frère ? Et pourquoi n'avez-vous pas passé un coup de fil à Nadim pour régler la situation ?

Nessa se sentit blêmir en comprenant qu'un invité l'avait reconnue.

— Je n'ai pas jugé utile de le faire, fit-elle prudemment.

L'expression de Luc se durcit.

— Cette réponse ne me satisfait pas. Essayez encore.

Elle eut un soupir, puis se résolut à donner à Luc les explications qu'il attendait.

— Nadim a bien acheté notre haras, mais il l'a offert en cadeau de mariage à ma sœur, Iseult. Les écuries nous appartiennent à nouveau, et Nadim en est simplement actionnaire. Je ne voulais pas l'impliquer parce que cette affaire ne le regarde pas. Il se trouve aussi que ma sœur attend un bébé. Elle accouchera d'ici une quinzaine de jours, et je ne voulais pas lui causer de soucis.

Comme Luc s'approchait d'elle, elle sentit son cœur battre la chamade. Le parfum enivrant de son eau de toilette l'enveloppait, la retenant captive.

— Je crois que vous me cachez la vérité. À mon avis, Paddy et vous êtes complices d'une situation qui vous échappe totalement. Une situation que Nadim n'approuverait pas, et vous ne voulez pas mordre la main qui vous nourrit.

— Non ! s'écria Nessa, outrée. Ce n'est pas cela du tout. Qu'est-ce qui vous a rendu aussi cynique et méfiant ?

— Je le suis depuis ma naissance. Seuls les opportunistes s'en sortent dans la vie. Je suis bien placé pour le savoir.

« Je le suis depuis ma naissance. » Nessa ne put réprimer un élan de compassion, mêlé de curiosité. Puis, elle le chassa. Cet homme n'avait besoin de personne.

— Vous seriez libre si vous demandiez l'aide de Nadim.

Luc regrettait d'avoir prononcé ces mots, mais il était trop tard pour les ravaler. Rendre la liberté à cette femme ? Il n'en était pas question, il la désirait trop.

Nessa le dévisageait avec de grands yeux effarés. Il lui sembla percevoir une expression blessée dans son regard, mais il chassa cette idée saugrenue.

Elle secoua la tête, et quelques mèches rebelles s'échappèrent de son chignon.

— Non, je ne veux pas choisir la voie facile et causer du tort à ma famille. J'ai promis à Paddy de ne pas solliciter Nadim ou Iseult.

Cette apparente loyauté intriguait Luc.

— Donnez-moi une bonne raison pour que je ne m'adresse pas à Nadim.

Nessa afficha une expression de pure panique.

— Je croyais que vous ne vouliez pas que cette histoire s'ébruite !

— En effet. Mais connaissant le cheikh, je crois qu'il apprécierait la discrétion tout autant que moi. Son nom et sa réputation risqueraient aussi d'être entachés.

Nessa joignit les mains devant elle. Ses seins se soulevaient au rythme saccadé de sa respiration, et Luc dut faire un effort pour garder les yeux rivés sur son visage.

— Vous n'avez pas le droit de les impliquer.

— Donnez-moi une raison, Nessa, et une bonne, cette fois.

Il la mettait au supplice, et elle finit par se livrer :

— Quand ma mère est morte, Iseult n'avait que douze ans. Notre père ne s'est jamais remis de cette perte. Il a complètement perdu pied et sombré dans la boisson. Iseult allait à l'école, mais elle consacrait l'essentiel de son temps à s'occuper du haras et de nous tous.

Elle détourna les yeux un instant. Surpris par cette confession, Luc ne savait trop que dire, mais Nessa se ressaisit et poursuivit :

— Si Iseult n'avait pas fait tout son possible pour nous cacher les pires excès de notre père et l'état déplorable de nos affaires, notre scolarité en aurait souffert. Trop de choses pesaient sur ses épaules... Quand Nadim a proposé de racheter le haras pour nous sauver de la ruine, elle a vécu cela comme un terrible échec.

Elle prit une profonde inspiration avant de poursuivre son récit :

— Le destin a voulu qu'ils tombent amoureux et se marient. Pour la première fois de sa vie, ma sœur est heureuse et en sécurité.

— Et pour cause ! Elle a épousé un milliardaire !

Le cynisme de ces propos lui avait échappé, mais une fois encore, il était trop tard pour les ravaler.

— Iseult est la personne la moins matérialiste que je connaisse, protesta Nessa, les poings sur les hanches. Elle aime son mari, et lui l'aime aussi.

Stupéfait par sa véhémence, Luc la fixa intensément.

— Continuez !

Elle se mordit la lèvre inférieure, et l'envie de happer cette bouche sensuelle le saisit, mais il se contint.

— Ma sœur mérite d'être heureuse. La seule responsabilité qui lui incombe aujourd'hui est de prendre soin de sa famille. Après Kamil, son premier enfant, elle a eu du mal à tomber enceinte à nouveau, et sa grossesse lui a causé beaucoup de stress. Si elle apprenait la situation dans laquelle Paddy et moi nous trouvons, elle serait dévastée et terriblement inquiète. Quant à Nadim, il ferait tout son possible pour trouver une solution. Il serait même capable de faire le voyage jusqu'ici. Or, ma sœur a besoin de lui à ses côtés.

Haussant le ton, elle ajouta :

— Si vous vous avisez de parler à Nadim, je mettrai la presse au courant du détournement d'argent. Celle-ci se montrera peut-être plus clémente envers Paddy que vous ne l'avez été.

Luc la dévisagea un long moment. Il devait l'admettre : le zèle dont elle témoignait pour défendre sa famille était convaincant.

Autre chose le perturbait : il avait ressenti un soupçon d'envie quand Nessa avait évoqué le bonheur qui régnait dans le foyer de sa sœur. Un bonheur dont il avait été privé depuis toujours. Alors que la plupart des enfants de son âge connaissaient une vie de famille harmonieuse, il arpentait les rues de Paris et commettait de menus larcins avec les membres de sa bande. Personne ne se souciait de lui, et il n'avait rien à perdre.

Un jour, dans un parc, il avait été fasciné par une famille venue se promener : une mère, un père et deux enfants. L'amour et la joie qui semblaient les unir lui avaient infligé une souffrance atroce. Pour la première fois de sa vie, il avait ressenti de la jalousie… et le désir fou de connaître le même bonheur à son tour. Comme ses amis se rendaient compte de son trouble et se moquaient de lui, il avait chassé ce souvenir et s'était juré de ne plus jamais envier qui que ce soit.

Et il était hors de question de trahir cette promesse, ni aujourd'hui ni jamais.

Concentrant à nouveau son attention sur la jeune femme, il vit qu'elle le défiait du regard. À nouveau, une vague de désir le submergea. Le souvenir du baiser incendiaire qu'ils avaient échangé ne l'avait pas quitté une seule seconde.

Pourtant, quand il était parti à la recherche de Nessa, il était convaincu de pouvoir lui résister. Hélas ! il régnait en cet instant une telle tension sensuelle entre eux qu'il sentait ses résolutions fondre comme neige au soleil.

Soudain, il balaya tous les obstacles sur sa route. Peu importait qu'elle soit la belle-sœur d'un milliardaire ou qu'elle joue la comédie. La seule chose qui l'intéressait était de la faire sienne.

Comblant l'espace qui les séparait, il passa une main dans le cou de Nessa et l'attira près de lui.

— Que faites-vous ? murmura-t-elle d'une voix mal assurée.

Le regard de Luc ne quittait pas cette bouche pulpeuse, si attirante, et il dut faire un effort pour résister à la tentation de l'embrasser.

— Voulez-vous me faire croire que vous êtes une jeune personne innocente, uniquement préoccupée par le bien-être de sa famille ? Et que ce que nous avons partagé l'autre soir n'était que le fruit du hasard ?

Pendant un instant, Luc retint sa respiration, dans l'expectative. Il avait envie d'entendre Nessa lui confirmer qu'elle était bien telle qu'il l'avait décrite, qu'il n'y avait rien de malsain en elle. Et pis que tout, il se sentait prêt à la croire...

Mais elle eut une tout autre réaction. Se raidissant, elle échappa à son étreinte.

— Je ne veux rien *vous faire croire*, Luc Barbier. Comme n'importe qui d'autre, vous avez des yeux, et si vous préférez porter un regard cynique sur le monde qui vous entoure, c'est votre choix. Pour ce qui est de l'autre soir, c'était un instant de folie et une lamentable erreur. Inutile de chercher à comprendre pourquoi c'est arrivé, car cela ne se reproduira pas.

Nessa l'avait presque dépassé quand Luc lui agrippa la main pour la stopper dans son élan. Chaque cellule de son corps rejetait les propos qu'elle venait de lui tenir. Elle voulait le fuir, une fois de plus. Mais cette fois, il ne la laisserait pas s'échapper. Il tenait à prouver qu'elle ne contrôlait pas aussi bien ses émotions qu'elle voulait le faire croire.

Il l'obligea à le regarder.

— Vous me désirez. Dites-le, Nessa.

Ses yeux immenses brillaient d'une intensité fiévreuse.

— Il se peut que je vous désire, mais c'est contre ma volonté, avoua-t-elle d'une voix tremblante.

La tension qui l'habitait se dissipa soudain. Nessa avait de nouveau baissé les yeux, espérant sans doute éviter la confrontation.

— Regardez-moi, Nessa.

Elle hésita un long moment avant d'obtempérer. Le feu qui brûlait dans ses yeux attisa son désir. Quand il voulut l'attirer plus près de lui, elle posa les mains sur son torse.

— Non, Luc, je ne veux pas...

Il cueillit ses lèvres entrouvertes pour l'empêcher d'en dire davantage, pour lui prouver à quel point résister à leur attirance mutuelle était futile. Quand elle répondit avec passion à son baiser, il eut la certitude que cette fois elle ne mentait pas.

5

Nessa aurait aimé repousser Luc. Elle détestait l'idée qu'il la croie capable d'avoir orchestré une rencontre pour le séduire. Et aussi qu'il doute de sa sincérité, car ce qu'elle lui avait révélé à propos de sa famille était vrai.

Mais, à cet instant précis, elle peinait à réfléchir. La bouche de Luc s'était emparée de la sienne, ses mains pressaient son corps contre le sien, et elle sentait son sexe durci contre son ventre. Elle avait su éveiller en lui un désir qui la stupéfiait. Elle, Nessa O'Sullivan, et non l'une des sublimes invitées présentes à la réception.

Quand Luc s'écarta, elle se rendit compte qu'elle se cramponnait à lui. D'une main, il défit son chignon, et ses cheveux tombèrent souplement sur ses épaules. Le regard dont il l'enveloppa alors la fit fondre de plaisir. Enroulant une mèche entre ses doigts, il attira son visage tout près du sien et l'embrassa avec une passion renouvelée. Ces lèvres sensuelles sur les siennes balayèrent toutes ses résolutions, et un feu intense la parcourut tout entière.

Quand elle sentit la main de Luc s'immiscer entre ses cuisses, la situation devint torride. Échappant à son baiser, elle plongea son regard incandescent dans le sien. Elle avait le souffle court. Son cœur battait à tout rompre.

— Qu'attends-tu de moi, Nessa ? murmura-t-il en recourant pour la première fois au tutoiement.

Comme elle gardait le silence, il glissa un doigt sous l'élastique de sa culotte, faisant naître en elle mille sensations vertigineuses.

— Veux-tu que j'arrête ? insista-t-il tout en la caressant.

Non ! criait chaque cellule de son corps. Nessa n'aurait su l'expliquer, mais à cet instant précis elle avait confiance en cet homme. Elle n'éprouvait plus le moindre doute sur le désir qu'elle lui inspirait. Quant à elle, jamais elle n'avait ressenti pareil embrasement des sens.

— Nessa ? reprit Luc d'un ton inquiet.

Surprise, elle le dévisagea intensément. Il venait, par cette hésitation, de lui révéler une nouvelle facette de sa personnalité complexe. Cet homme n'était pas aussi noir qu'il voulait le faire croire. Si elle le priait d'arrêter, il ne chercherait pas à la retenir.

— Continue, murmura-t-elle avant de poser les lèvres sur les siennes.

À ce signal, Luc la souleva de terre pour l'entraîner dans le recoin où avait été entreposée une pile de draps blancs. Délicatement, il l'allongea sur ce lit improvisé. Puis, se redressant, il contempla la scène. Avec la jupe relevée sur les cuisses et le chemisier tendu sur sa poitrine, elle lui offrait le spectacle le plus érotique qu'il lui ait été donné de voir. Il n'avait plus conscience ni du temps ni de l'espace et n'entendait plus que les battements sourds de son cœur dans sa poitrine.

Sans plus réfléchir, il commença à se dévêtir, pressé d'explorer ce corps si désirable.

Nessa ne le quittait pas des yeux. En d'autres circonstances, l'expression de son visage l'aurait effrayée, mais sans doute arborait-elle la même. Le souffle court, elle regarda tomber la veste, puis le nœud papillon et la chemise, et contempla le torse puissant de Luc. Cet homme avait un corps sublime. Elle l'accueillit contre elle et noua les bras autour de son cou. Leurs regards se soudèrent un instant, leurs bouches se joignirent... Nessa sentait son excitation croître à chaque seconde, et quand Luc défit les boutons de son chemisier pour dénuder sa poitrine, elle se cambra contre lui.

— *Si belle*..., murmura-t-il avant de baisser la tête et d'effleurer ses tétons de ses lèvres sensuelles.

Nessa se laissa alors emporter par ce tourbillon exaltant. La bouche de Luc traçait des sillons de feu sur sa peau nue. Elle s'entendit le supplier... de quoi, elle n'aurait su le dire, mais, impitoyable, il continua de la torturer avec des caresses de plus en plus appuyées. Lorsque sa bouche s'aventura sur son ventre, puis entre ses cuisses, elle poussa un cri.

Pendant un court instant, il la laissa reprendre son souffle, le regard rivé au sien, comme s'il cherchait à deviner ses pensées les plus secrètes. Puis il la caressa encore et encore, jusqu'à ce qu'elle secoue la tête et laisse échapper une plainte.

— Je... Je ne peux pas...

— Tu ne peux pas quoi, *chérie* ?

— Je ne suis pas sûre... de supporter ce que tu me fais... C'est trop...

Il lui sourit d'un air diabolique.

— Trop ? Ce n'est pas assez, *chérie*, allez, envole-toi avec moi.

Nessa n'était pas sûre de comprendre ce qu'il attendait d'elle, puis elle sentit les doigts de Luc pénétrer son intimité, d'abord doucement, puis avec plus d'insistance. Elle se mit à vibrer de tout son être, suspendue au rythme de ces caresses, jusqu'à ce qu'elle soit emportée dans un tourbillon de plaisir qui lui arracha un long cri.

Il lui fallut un temps fou pour revenir à elle. Luc la serrait dans ses bras, le regard insistant. Elle ne lisait aucun triomphalisme dans ses yeux, plutôt une sorte de fascination.

— Ça va ?

La gorge nouée par l'émotion, elle hocha la tête en signe d'assentiment. Quand il prit l'un de ses seins en coupe, elle comprit qu'il n'en avait pas fini avec elle, que le meilleur restait à venir.

Timidement, elle posa la main sur son torse pour savourer la douceur de sa peau. Luc lui sourit à nouveau, d'un air amusé.

— Inutile de faire semblant, *chérie*.

La main de Nessa s'immobilisa.

— Faire semblant ? De quoi parles-tu ?

— De feindre l'innocence. Je te l'ai dit, je ne joue pas à ce genre de jeu. Ce n'est pas nécessaire. Je te désire comme je n'ai jamais désiré personne avant toi.

Le visage de Luc se crispa soudain, comme si ces mots avaient dépassé sa pensée. Quant à elle, elle préféra se murer dans le silence pour prolonger la délicieuse intimité qui les unissait. Ses mains se promenèrent sur le torse de son amant, puis sa bouche suivit le même chemin. De nouveau, Luc enroula une mèche de cheveux autour de ses doigts tout en pressant son corps contre le sien. Le plaisir qu'elle lui procurait agissait sur elle comme un aphrodisiaque.

S'enhardissant, elle entreprit de défaire sa ceinture. C'en fut trop pour Luc qui se débarrassa de son pantalon et de son caleçon.

Quand il fut nu devant elle, elle tomba en extase devant ce corps magnifique.

— Caresse-moi, murmura-t-il d'une voix rauque.

Après une brève hésitation, Nessa effleura son sexe dressé du bout des doigts, puis suivant son instinct, elle en approcha les lèvres. Quand elle le prit dans sa bouche, il se raidit.

— Arrête... Sinon je ne réponds de rien...

Doucement, il la repoussa sur le lit improvisé et s'allongea sur elle. Quand il croisa son regard, il faillit tout arrêter. Il n'avait jamais vu brûler un feu aussi intense dans les yeux de ses précédentes maîtresses. La situation lui échappait totalement. Tout allait trop vite, trop fort... Lorsqu'elle agrippa ses hanches, il lui écarta les cuisses et la pénétra d'un coup de reins puissant.

Rien n'avait préparé Nessa à cette sensation de brûlure intense. Pendant un court instant, elle se figea. Luc la fixa de son regard de braise, avant de s'enfoncer encore plus profondément en elle. Oubliant la douleur, Nessa noua les jambes autour du bassin de son amant pour accompagner son mouvement de va-et-vient. Submergée par des vagues de plaisir, elle se laissa porter par ce déferlement de sensations vertigineuses, jusqu'au paroxysme.

Leurs deux corps demeurèrent soudés un long moment. Quand sa respiration retrouva un rythme normal, Nessa desserra la première son étreinte. Puis Luc se leva du lit, l'abandonnant au milieu des draps froissés. Elle ne savait pas quelle attitude adopter en de telles circonstances. Aurait-elle dû le retenir, lui dire quelque chose ?

Désorientée, elle tenta de remettre un peu d'ordre dans sa tenue, puis leva les yeux vers son amant qui se tenait de trois quarts devant elle, immobile comme une statue.

Avisant la cicatrice qui lui barrait le dos, elle se souvint de l'avoir effleurée à plusieurs reprises au cours de leurs ébats.

— Comment t'es-tu fait cette cicatrice ? demanda-t-elle timidement.

Enfin, il se tourna vers elle, le visage dénué d'expression.

— C'est une réminiscence du passé qui me permet de ne pas oublier qui je suis ni d'où je viens.

— Oh ! cela a dû être sérieux...

Le visage de Luc se crispa.

— Pas aussi sérieux que l'erreur que nous venons de commettre en omettant de nous protéger.

Nessa le regarda sans comprendre, puis la lumière se fit dans son esprit.

— Je pense que nous ne risquons pas grand-chose... Je suis au début de mon cycle...

— Et je suis censé te croire sur parole ?

Le ton accusateur de Luc la fit frémir. Furieuse, elle se leva et finit d'ajuster sa tenue. Rassemblant le peu de dignité qui lui restait, elle toisa son amant et déclara :

— Exactement. Tu devras te contenter de ma parole. Et je te rappelle que nous étions deux. Pourquoi n'as-tu pas pensé à te protéger ?

Parce que pour la première fois de sa vie, Luc avait laissé libre cours à son instinct et avait succombé à la force de son désir pour une femme. Comment avait-il pu oublier les règles qu'il s'imposait depuis toujours ? Il s'était promis de ne jamais avoir d'enfants, parce que l'idée même de fonder une famille lui était insupportable.

Pis que tout, il avait agi de manière inconsidérée avec une femme en qui il n'avait aucune confiance. C'était comme s'il lui avait remis un fusil chargé qu'elle n'hésiterait pas à retourner contre lui, le cas échéant.

Mais cette femme l'attirait tant qu'il avait envie de

la posséder encore et encore. Évitant de regarder dans sa direction, il enfila son pantalon d'un geste rageur. Son manque de contrôle l'horripilait. Il n'arrivait pas à décrypter le tumulte qui l'habitait. Il savait seulement que ce qu'il venait de vivre avec cette femme dépassait, et de loin, ses précédentes aventures. Ce n'était pas simplement une expérience époustouflante. Quelque chose d'autre s'était produit, sans qu'il sache l'identifier.

Un profond dégoût l'envahit à l'idée d'avoir enfreint les règles qu'il imposait à ses employés en couchant avec un membre du personnel. Et qui plus est sans se protéger...

Jetant un coup d'œil à Nessa, il constata qu'elle était d'une pâleur mortelle. Il s'était comporté comme un rustre avec elle, il devait l'admettre.

— Écoute... Je suis désolé. Ce n'est pas dans mes habitudes d'oublier de me protéger.

Comme elle demeurait silencieuse, il eut un pincement au cœur.

— Que se passe-t-il ?

Lui avait-il fait mal ? Emporté par la passion, il ne s'était pas montré particulièrement délicat...

Ce qu'il se passait ? Nessa n'aurait su le dire. Elle se sentait ridicule et vulnérable. Et les excuses de Luc n'arrangeaient rien. Elle ne s'était pas attendue à des gestes tendres de sa part après leurs ébats, mais la colère qui l'habitait la décontenançait.

Et il ne s'était même pas rendu compte de son innocence.

Selon lui, elle simulait...

Osant un regard dans sa direction, elle eut soudain le sentiment d'avoir imaginé toute la scène. Tentant de raffermir sa voix, elle dit :

— Je ne sais pas ce qu'il se passe entre nous, mais je ne suis pas fière de moi.

Il lui sembla soudain déceler une blessure dans le regard de Luc.

— Le sexe nous rend tous égaux, comme le crime d'ailleurs, car ils abolissent les différences sociales.

Il lui fallut quelques secondes pour comprendre le sens de ces propos. Stupéfaite, elle tendit la main vers lui et la posa sur son bras.

— Non ! Ce n'est pas ce que je voulais dire. Je ne suis pas fière parce que j'ai l'impression de trahir ma famille.

— Il ne s'agit que de sexe, Nessa, ironisa-t-il. Inutile d'en faire une montagne.

Se sentant ridicule, elle lâcha son bras et fit un pas en arrière.

— Oublie ce que j'ai dit.

Alors qu'elle le contournait pour courir se réfugier dans sa chambre, Luc lui agrippa le bras pour la stopper dans son élan.

— Qu'est-ce que je vois, là ?

Surprise, Nessa regarda dans la même direction que Luc, et son cœur manqua un battement. Une tache de sang maculait les draps... Glacée jusqu'aux os, elle se mit à trembler. Elle ressentait une honte indicible.

— Ce... Ce n'est rien, dit-elle d'une voix faible.

La poussant de côté, il s'approcha du lit. Si le sol s'était ouvert devant elle, Nessa aurait volontiers plongé dans le gouffre pour fuir cette humiliation.

Luc demeura un long moment immobile, puis revint vers elle, en proie à une foule d'émotions. Des images de leurs étreintes lui revinrent en mémoire. Les gestes timides de Nessa, sa fuite éperdue l'autre soir, quand ils s'étaient embrassés pour la première fois, et ce cri qu'elle avait poussé quand il l'avait pénétrée. Il avait alors marqué un temps d'arrêt, puis la situation lui avait échappé...

Elle lui avait offert sa virginité…

— Pourquoi ne m'as-tu rien dit ?

Elle ouvrit la bouche pour répondre puis la referma.

— Eh bien ? insista-t-il.

Cette attitude bourrue, presque grossière, ne lui ressemblait pas, mais il voulait pousser Nessa dans ses retranchements.

Une lueur de défi traversa son regard, et il s'en réjouit.

— Je ne l'ai pas jugé utile. Et je ne pensais pas que tu remarquerais quoi que ce soit.

Luc ressentit une pointe de culpabilité. Il avait remarqué… mais n'en avait pas tenu compte.

— Je ne couche pas avec des vierges.

Nessa croisa les bras sur sa poitrine.

— Eh bien, tu viens de le faire.

— Si j'avais su, je me serais montré moins… brutal.

Curieusement, il la vit rougir et détourner les yeux.

— Je ne t'ai pas trouvé brutal… C'était… bien.

— Seulement « bien » ?

Elle osa à nouveau affronter son regard.

— Je ne sais pas… C'était ma première fois.

Luc posa les mains sur ses épaules, et elle lui parut soudain fragile, délicate.

— C'était plus que « bien ». La manière dont ton corps a réagi prouve que tu as vécu une très belle expérience.

Elle rougit encore plus, mais garda le regard rivé au sien.

— Il faudra que je te croie sur parole.

Luc se sentit partagé entre l'envie de rire et de la faire sienne à nouveau pour lui rappeler à quel point leurs corps avaient fusionné. Mais ce serait courir un risque immense, car il se sentait incapable de contrôler ses émotions, une situation inédite pour lui. D'ordinaire, il n'engageait aucune conversation avec ses maîtresses après l'amour, préférant s'éclipser. Il n'avait aucune envie de quitter Nessa, mais il savait que plus il resterait à côté d'elle, plus l'envie de l'étreindre à nouveau le tenaillerait. Surtout si elle le regardait ainsi, avec ses cheveux ébouriffés et sa tenue dépenaillée qui la rendaient plus désirable encore.

Lui qui n'était pas coutumier de gestes tendres après l'amour se surprit à reboutonner délicatement le chemisier de la jeune femme. Les mâchoires crispées, il évita avec soin de lui effleurer la poitrine, de peur que ses sens ne s'emballent de nouveau. Quand il eut terminé, il recula de quelques pas.

— Tu devrais partir maintenant et prendre un bain.

Jetant un regard affolé sur les draps, elle répliqua :

— Il vaudrait mieux que je les emporte...

— Je m'en occuperai.

Luc la suivit du regard tandis qu'elle se dirigeait vers la sortie d'une démarche mal assurée. Quand elle eut disparu, il demeura un long moment immobile, plongé dans ses pensées. Il peinait à se remettre de leurs ébats passionnés. Nessa O'Sullivan avait réussi à le toucher là où personne n'était parvenu à l'atteindre depuis très longtemps. Et s'il la laissait s'immiscer un peu trop dans sa vie, il prendrait des risques inconsidérés. C'est pourquoi il devait s'assurer de ne plus jamais tomber dans un tel piège, quelle que soit l'attirance que cette femme exerçait sur lui.

Nessa demeura longtemps immergée dans son bain, songeuse. Elle revoyait en boucle la série d'événements qui les avaient conduits, Luc et elle, à se donner l'un à l'autre dans une écurie. Elle lui avait offert son innocence avec une ardeur stupéfiante. Et son corps la brûlait encore au souvenir de leurs étreintes torrides. À tel point qu'elle se sentait prête à recommencer, si Luc le lui proposait.

Elle devait en convenir : elle n'aurait jamais la force de lui résister. Pas après ce qu'ils avaient partagé.

Luc lui avait révélé une facette inattendue de sa personnalité. Il savait faire preuve de tendresse, de douceur. Elle avait lu de la culpabilité dans son regard, quand il avait découvert qu'elle était vierge. Comme il devait s'en vouloir, à présent ! Peut-être regrettait-il d'avoir laissé libre cours à ses pulsions.

Cet homme avait pour maîtresses les plus belles femmes du monde, des femmes expérimentées qui connaissaient tout du sexe et de la manière de satisfaire un homme. Nessa ne leur arrivait pas à la cheville...

Prenant une profonde inspiration, elle chassa les larmes qui lui brouillaient la vue. Elle venait de vivre une expérience riche en émotions, mais, comme l'avait dit Luc, il ne s'agissait que de sexe...

Menteuse. Ce que tu as vécu dans les bras de cet homme restera gravé à jamais dans ta mémoire. Avec ses attentions délicates, Luc l'avait touchée au plus profond de son être. Et s'il se montrait à nouveau sous ce jour, inutile de le nier, elle finirait par s'attacher à lui. Et le mal serait fait. Jamais elle ne se remettrait de cette aventure.

La situation était trop risquée. Le moment de folie qu'ils avaient partagé ne devait jamais se reproduire. Luc s'était probablement dit la même chose.

Tant mieux si tel est le cas !

6

Luc n'en croyait pas ses yeux. Le cavalier qui montait l'un de ses pur-sang les plus prometteurs semblait connaître cette jument depuis toujours. À la distance où il se trouvait, il ne parvenait pas à identifier le jockey, mais sa silhouette fine et juvénile évoquait celle d'un très jeune garçon. Un jeune garçon particulièrement doué en l'occurrence. Intéressé, Luc se demanda comment ce jockey s'en sortirait s'il lui confiait Sur la Mer lors de la course qui devait avoir lieu en France.

Se tournant vers son chef entraîneur irlandais, il demanda :

— Qui est ce garçon ? Qu'a-t-il fait jusqu'à maintenant ? Pouvons-nous l'inviter à rejoindre notre écurie ?

— C'est une fille ! s'exclama Pete avec un sourire triomphant.

— Quoi ?

Luc reporta son attention sur le jockey qui menait à présent sa monture au pas et entrevit le dessin délicat d'une mâchoire qu'il reconnut aussitôt. Les propos tenus par Percy Mortimer au sujet de Nessa lui revinrent alors en mémoire. Selon lui, elle avait beaucoup de talent même si jusqu'à présent on ne lui avait pas encore donné l'occasion de le démontrer.

Subjugué par cette découverte, Luc suivit du regard la silhouette de celle qui hantait ses nuits depuis leur rencontre dans les écuries. Des images érotiques troublaient son sommeil et, chaque matin, il se réveillait en sueur et avec un désir lancinant au ventre. Une sensation qu'il n'avait plus éprouvée depuis l'adolescence.

C'était exaspérant, voire humiliant.

Et voilà que Nessa revenait le narguer, le provoquer.

— Alors ? demanda Pete avec un sourire. Vous la reconnaissez ?

— Évidemment, répliqua Luc en maîtrisant sa fureur. Que fait-elle sur mon cheval ?

Le sourire de Pete s'évanouit. Joignant les mains dans un geste de prière, il affronta le regard de son patron.

— Je connais Nessa et sa famille depuis très longtemps. Ils montaient tous à cheval avant de savoir marcher. Sa sœur et son père sont d'excellents entraîneurs. J'ai vu Nessa concourir à quelques rares occasions, et elle a beaucoup de talent. Comme il nous manquait un cavalier aujourd'hui, j'ai demandé à Mme Owens de me laisser lui emprunter Nessa. J'ignore ce qui vous a amené à la recruter en qualité de femme de ménage, mais elle mérite beaucoup mieux que cela. Elle devrait travailler aux écuries. Elle a droit à sa chance.

Si ces propos lui avaient été tenus par n'importe qui d'autre que son très talentueux entraîneur, Luc aurait congédié le malappris sur-le-champ. Néanmoins, il n'avait aucunement l'intention de lui expliquer la raison pour laquelle Nessa travaillait chez lui.

Se murant dans le silence, il suivit du regard les cavaliers qui reconduisaient leurs montures aux écuries. La mince silhouette de Nessa était particulièrement reconnaissable au milieu des autres jockeys.

Des images de leurs étreintes revinrent l'obséder.

Elle était vierge... et il ne s'était pas protégé.

Et le désir qu'elle lui inspirait n'avait pas faibli d'un cran.

Ignorant les pensées tumultueuses de Luc, Pete poursuivit :

— Je crois qu'elle devrait participer à la prochaine course.

Furieux, Luc planta le regard dans celui de son entraîneur.

— Je me moque de son prétendu talent de jockey. Nessa O'Sullivan aurait dû y réfléchir à deux fois avant d'accéder à votre demande.

Nessa ressentait encore l'adrénaline de l'entraînement auquel elle venait de participer. À son retour aux écuries, les autres jockeys qu'elle connaissait pour la plupart l'avaient pressée de questions sur les raisons de sa présence. Questions auxquelles elle avait apporté des réponses évasives.

Alors qu'elle se trouvait encore dans les vestiaires, la porte s'ouvrit à la volée.

— Je suis en train de me changer ! protesta Nessa en plaquant sur sa poitrine la chemise maculée de terre qu'elle venait de retirer.

Se tournant vers l'intrus, elle vit qu'il ne s'agissait ni de Pete ni d'un autre jockey. La porte se referma sur Luc qui la fusilla du regard. Aussitôt, elle eut le sentiment que l'air se raréfiait.

Jusqu'ici, elle avait préféré ne pas songer à sa réaction quand il découvrirait la situation. Et à juste titre, apparemment...

Vêtu d'un vieux jean et d'un polo noir, il lui parut plus sexy que jamais. Nessa tenta d'ignorer les réactions de son corps. Cela faisait deux jours que Luc ne l'avait pas approchée, sans doute pour lui faire comprendre à quel point il regrettait l'erreur commise quelques jours plus tôt. Même si Nessa partageait cet avis, ce rejet l'avait profondément affectée.

Et à présent, elle se sentait coupable. Pourquoi avait-elle accepté de remplacer un jockey absent, tout en sachant que Luc n'approuverait pas cette initiative ? Pour provoquer une réaction de sa part ? Pour qu'il cesse de l'ignorer ?

— Qu'est-ce qui t'a pris ? demanda Luc d'un ton sec.

Refusant de se laisser intimider, Nessa releva le menton tout en serrant la chemise contre sa poitrine.

— Il manquait un jockey ce matin, et Pete m'a demandé de le remplacer. Je n'ai fait que lui rendre service.

— Personne n'a le droit d'approcher les chevaux sans mon autorisation.

— Pete me connaît bien. Il m'a vue monter par le passé. Et il n'est pas responsable. Je sais que j'aurais dû refuser, mais je n'ai pas pu résister. Tout est ma faute.

Une fois de plus, Luc se sentit déstabilisé par le comportement de cette femme étrange. Cette propension à endosser la responsabilité d'actes commis par d'autres le sidérait. D'abord son frère, et maintenant Pete qui n'était rien pour elle.

Comme attiré par un aimant, Luc réduisit l'espace qui les séparait. Les yeux rivés sur la chemise qu'elle serrait contre elle, il dit :

— Inutile de te cacher, je t'ai déjà vue nue.

Nessa rougit jusqu'aux oreilles, et il sentit son sang bouillir dans ses veines. D'un geste rageur, elle enfila à nouveau sa chemise et croisa les bras sur sa poitrine.

— Je suis désolée, cela ne se reproduira plus, fit-elle d'un ton las.

— Cela, tu n'es pas en mesure de le décider.

— Que veux-tu dire ?

— Il y a une course ce week-end. Je veux que tu montes la pouliche que tu viens d'entraîner.

Nessa pâlit, puis son visage s'empourpra, et il perçut de la suspicion dans son regard.

— Tu ne veux pas que j'approche les chevaux. Pourquoi me laisserais-tu courir sur l'un d'entre eux ?

— Parce que je ne suis pas stupide au point de laisser un jockey talentueux gâcher sa carrière, surtout si ce jockey peut gagner une course ! Ne perdons pas de vue que je dirige une affaire. Et ton frère me doit un million d'euros, dette que tu as décidé d'éponger toi-même. Si tu gagnes la course, je serai en partie remboursé.

Stupéfaite par la proposition de Luc, Nessa demeura muette un long moment.

Quand elle reprit la parole, ce fut d'une voix mal assurée.

— Eh bien... Merci.

— À partir de maintenant, tu seras sous les ordres de Pete, précisa Luc d'un ton bourru avant de tourner les talons.

— Attends ! cria Nessa dans son dos.

Quand il se retourna pour lui faire face, elle faillit renoncer à poser la question qui lui brûlait les lèvres.

— Et... Au sujet de ce qui s'est passé... l'autre nuit ?

Il lui avait fallu un courage inouï pour aborder le sujet. Contrairement à Luc, elle était incapable de feindre l'indifférence, de se comporter comme si de rien n'était.

Il sembla de refermer comme une huître.

— Ce qui s'est passé entre nous ne se reproduira plus. C'était une erreur. Tu es ici pour payer ta dette en participant à des courses ou jusqu'à ce que ton frère me rembourse.

Sur ces mots, il la laissa seule avec son désarroi. Elle

avait l'impression d'avoir reçu un coup en plein cœur. Puis elle se ressaisit. Luc ne l'avait-il pas prévenue en prétendant qu'elle se brûlerait les ailes à son contact ?

Ils avaient partagé un moment de folie, et elle devait l'admettre : elle n'était pas dotée des atouts nécessaires pour séduire un homme comme Luc Barbier.

Chose inouïe, il lui offrait la chance de sa vie en lui proposant de courir pour ses écuries, célèbres dans le monde entier. Même si la réputation de Luc laissait à désirer, nul ne pouvait nier sa fabuleuse réussite. Nessa ne comprenait pas pourquoi un tel discrédit pesait sur lui, car son éthique professionnelle ne laissait planer aucun doute sur le sérieux avec lequel il menait ses affaires. Ses employés lui étaient fidèles depuis le début et appréciaient son aide quand il les soulageait de certains travaux.

Quoi qu'il en soit, Nessa devait se rendre à l'évidence : leurs relations demeureraient désormais strictement professionnelles. C'était mieux ainsi, parce qu'entretenir une liaison avec un homme comme lui était une pure folie, voire un véritable suicide affectif.

Le plus humiliant dans cette histoire était que s'il l'avait embrassée, elle l'aurait laissé faire. Elle l'aurait même encouragé à aller plus loin...

« Je n'arrive pas à croire qu'elle ait gagné. »

« Barbier ne cessera jamais de nous surprendre ! »

« Une femme jockey ? Qui est-ce ? A-t-on déjà entendu parler d'elle ? D'où vient-elle ? »

« C'est du Barbier tout craché, ça ! Il ne peut pas s'empêcher d'introduire un loup dans la bergerie ! »

Luc écoutait d'une oreille distraite les murmures indiscrets autour de lui tant il était stupéfait par la victoire de

Nessa. Elle avait remporté la course avec le plus improbable des chevaux. Un véritable exploit.

Quand elle approcha de l'enceinte des vainqueurs, accompagnée de Pete, Luc saisit la bride de son cheval pour lui faire marquer un temps d'arrêt. Un sourire ravi éclairait le visage maculé de terre de Nessa. Il caressa l'encolure du cheval puis leva les yeux vers elle. Muet d'émotion, il se contenta de la fixer et la vit se tendre tandis que son sourire se figeait sur ses lèvres. En temps normal, il félicitait spontanément ses jockeys, mais cette fois il ne trouva pas les mots. Au prix d'un gros effort, il dit toutefois :

— Bien joué.

— Merci. Je n'arrive pas à y croire.

L'expression incertaine de son regard lui rappela une scène survenue plusieurs nuits auparavant dans les écuries, et son sang se mit à bouillir dans ses veines.

Il relâcha la bride du cheval et laissa Nessa se rendre à la pesée, comme le voulait le règlement après chaque course.

Il allait la suivre quand il en fut empêché par Pascal Blanc qui avait surgi à côté de lui.

— Luc, c'est incroyable ! Nessa a fait sensation. Tout le monde parle d'elle, on se demande qui elle est et d'où elle vient. Vous êtes tous deux invités à une réception officielle ce soir à Dublin.

Luc n'avait jamais été convié à ce genre d'événement. Il avait fallu la victoire improbable d'un outsider monté par une ravissante femme jockey pour que ce monde lui soit enfin ouvert.

Quelle ironie ! songea-t-il avec amertume. Puis, une image obsédante traversa son esprit : Nessa vêtue d'une robe de soirée…

— Suis-je vraiment obligée de venir ? demanda Nessa d'un ton angoissé.

— Absolument !

Nessa venait juste d'apprendre qu'une réception se tenait à Dublin ce soir-là, et elle appréhendait d'y assister. Elle ne savait pas comment se comporter dans ce type de soirée ni quels vêtements porter, tant elle ignorait tout de la mode et des tendances du moment.

Elle gardait un souvenir amer d'un incident survenu lors d'une fête où une jeune fille l'avait accueillie en ces termes : « J'ignorais qu'on devait venir déguisé ! » Le sarcasme l'avait profondément vexée. Après cela, elle n'avait plus cherché à s'intégrer ou à user d'artifices féminins dont elle ignorait tout, préférant demeurer naturelle.

— Je n'ai pas de tenue adéquate pour ce genre de soirée.

Luc jeta un coup d'œil à sa montre.

— J'ai demandé à une styliste locale d'apporter quelques robes pour te les faire essayer. Elle viendra accompagnée d'une personne pour te coiffer et te maquiller.

Le piège se refermait sur elle…

— Pourquoi est-il si important que je vienne ? insista Nessa. Je ne suis que le jockey. Personne ne me connaît.

Luc sortit son téléphone portable de sa poche et, après avoir pianoté dessus, le lui tendit.

Elle écarquilla les yeux, sidérée par le gros titre figurant sur un site de courses : *deux magnifiques pouliches l'ont emporté haut la main !* L'article était illustré par une photo où elle apparaissait radieuse sur le cheval.

— Malgré le mauvais goût de ce gros titre, il n'en reste pas moins que tu as fait sensation. Tout le monde s'est rendu compte de ton talent.

Un peu nauséeuse, Nessa rendit le téléphone à son propriétaire. Elle avait voulu donner le meilleur d'elle-même sans espoir réel de remporter la course. L'euphorie de la victoire laissait place à présent à une profonde anxiété. Elle avait toujours détesté attirer l'attention.

Sa sœur n'appréciait pas non plus ce genre de situation, mais depuis qu'elle avait épousé le cheikh de Merkazad, elle tenait son rang sans trop de difficulté. Elle avait toutefois avoué à Nessa qu'elle éprouvait encore une certaine réticence à apparaître en public.

— Qu'y a-t-il ? demanda Luc, interrompant sa rêverie.

Le voyant froncer les sourcils, Nessa songea qu'elle devait à tout prix se ressaisir. Il était hors de question qu'elle lui laisse entrevoir à quel point elle se sentait vulnérable. Son attitude était ridicule... Il ne s'agissait que d'une soirée.

Levant le menton, elle déclara :

— Tout va bien. À quelle heure dois-je rencontrer la styliste ?

— Dans moins d'une heure. J'ai demandé à Mme Owens de te transférer dans une chambre plus grande pour les essayages. Nous serons conviés à d'autres réceptions, alors autant t'y préparer. Je te retrouverai devant la maison à 19 heures.

Nessa regarda son reflet dans le miroir et cligna plusieurs fois des yeux. Était-ce bien elle ? Elle se sentait la même personne intérieurement, mais extérieurement elle n'avait plus du tout la même allure. Ses cheveux retombaient en une cascade soyeuse sur ses épaules. Sa robe fourreau noire, décolletée, laissait entrevoir la naissance de ses seins. Et ses chaussures à hauts talons l'obligeaient à se tenir très droite et à cambrer le dos.

La styliste recula d'un pas et s'exclama :

— Vous êtes sublime, mademoiselle O'Sullivan !

— Appelez-moi Nessa, je vous en prie.

La styliste lui adressa un sourire puis, après un coup d'œil à sa montre, se mit à rassembler ses affaires.

— Il est presque 19 heures. Il est temps pour vous de rejoindre M. Barbier. Si vous saviez comme j'adorerais échanger ma place avec la vôtre ! Il est *superbe* !

La jeune maquilleuse, visiblement du même avis, laissa échapper un gloussement. Nessa afficha un sourire forcé tout en songeant qu'elle leur aurait bien volontiers cédé la place.

Perchée sur ses hauts talons, elle descendit avec précaution les marches qui menaient dans le hall. La porte d'entrée était grande ouverte, et elle vit que Luc l'attendait déjà dehors. Les mains dans les poches, il lui tournait le dos… Soudain, elle se rappela qu'elle l'avait interrogé sur la cicatrice aperçue sur sa peau. Mais Luc avait éludé le sujet…

Pendant un court instant, avant qu'il se tourne vers elle, elle s'imagina dans la peau de ces femmes magnifiques avec qui il avait l'habitude de sortir. Mais quand son regard sombre l'enveloppa de la tête aux pieds, sans qu'il manifeste la moindre émotion, elle se sentit totalement déplacée. Elle se souvint des propos qu'il lui avait tenus ce premier soir : « Vous n'êtes pas du tout mon genre. »

Pendant quelques secondes, Luc demeura interdit. C'était à peine s'il reconnaissait Nessa. La poitrine serrée, il avait senti une bouffée de désir l'envahir devant cette stupéfiante métamorphose.

Elle était magnifique, dépassant de très loin ce qu'il avait imaginé. La longue robe noire, très sobre, avait toutefois un décolleté plongeant, irrésistible. Au prix d'un gros effort, il leva les yeux et croisa le regard inquiet de Nessa.

— Est-ce que ça va ? demanda-t-elle timidement.

Stupéfait, il la contempla. Se pouvait-il qu'elle n'ait pas conscience de sa beauté ? Un peu désarçonné par l'innocence dont elle faisait preuve, il préféra ne pas s'étendre.

— C'est très bien, répondit-il d'un ton sec. Nous ferions bien de nous dépêcher.

Nessa réprima le sentiment de déception que Luc venait de provoquer en elle. La tête baissée, elle le suivit en bas des marches où les attendait un élégant 4x4.

Pas de doute, ce qui s'était produit l'autre nuit était une erreur…

Veillant à ne pas trébucher avec ses talons vertigineux, Nessa traversa la cour pavée à la suite de Luc et attendit qu'il lui ouvre la portière pour se glisser sur le siège passager. Sans un mot, il alla s'installer à la place du conducteur. Après quelques kilomètres, Nessa vit qu'ils se dirigeaient vers un héliport.

— Nous allons prendre l'hélicoptère ? s'étonna-t-elle.

— Dublin se trouve à une heure de route, et la réception commence dans une demi-heure.

Nessa s'efforça de conserver une attitude nonchalante, comme si se faire transporter en hélicoptère lui était familier. Quand ils arrivèrent à l'héliport, elle marqua un temps d'arrêt. L'herbe sous ses pieds lui parut trop glissante pour traverser le terrain sans risquer de chuter. Luc comprit aussitôt la situation. D'un geste souple, il souleva la jeune femme dans ses bras et rejoignit à grands pas l'hélicoptère où le pilote les attendait.

Les bras noués autour du cou de Luc, Nessa tentait de refréner les battements de son cœur. De son côté, Luc ne paraissait aucunement perturbé par cette proximité. Quand il la déposa sur le siège et lui attacha sa ceinture de sécurité, ses doigts frôlèrent la peau nue de son décolleté.

Aussitôt, elle sentit son sang se figer dans ses veines, mais visiblement son trouble passa inaperçu.

Elle soupira de soulagement quand Luc s'installa à l'avant, à côté du pilote. Elle aurait ainsi le temps de reprendre le contrôle de ses émotions. Une chose était sûre, il n'éprouvait absolument rien pour elle. Il tolérait sa présence parce qu'elle devait l'accompagner à cette réception, mais il aurait sans doute préféré qu'il en soit autrement.

Quand ils eurent mis leur casque, Luc se tourna vers elle.

— Tout va bien ?

Elle hocha vivement la tête et plaqua un sourire radieux sur ses lèvres, espérant ainsi lui prouver que, tout comme lui, elle avait oublié leur intimité partagée.

Après le décollage, Nessa se concentra sur le paysage qui défilait sous ses yeux. Émerveillée, elle contempla les lumières de Dublin en contrebas. La ville brillait comme un diamant dans la lumière du soir. C'était magique.

Une fois arrivés, ils furent conduits en voiture jusqu'au château où devait se dérouler la réception. En apercevant la foule des visiteurs qui se pressait à l'intérieur de la somptueuse bâtisse, Nessa eut un instant de panique. Serait-elle à la hauteur de la situation ?

Quand Luc lui proposa son aide pour sortir de la voiture, il ne fut pas étonné par son refus. Il comprenait son attitude, car le peu d'enthousiasme qu'il avait manifesté en découvrant sa tenue l'avait sans doute blessée. Inutile de le nier, il s'était montré particulièrement désagréable. Avec les autres femmes, il faisait preuve de plus de civilité, mais avec Nessa il perdait tous ses moyens.

Quand il l'avait soulevée dans ses bras pour la conduire jusqu'à l'hélicoptère, il avait eu un mal fou à contrôler l'effet que produisait son corps contre le sien, et durant tout le voyage il avait dû lutter contre le désir qui pulsait dans ses veines.

Pourquoi avait-il autant insisté sur le fait qu'ils avaient commis une erreur en se donnant l'un à l'autre ? Quant à Nessa, elle semblait n'avoir aucunement l'intention de le faire changer d'avis. Pourtant, dans la tenue sublime qu'elle portait, elle détenait un pouvoir de séduction irrésistible, comme en témoignaient les regards admiratifs qu'elle suscitait autour d'elle. L'envie de l'emmener loin d'ici et de lui faire l'amour le démangeait. Et pas dans une écurie, comme la première fois…

Sa première fois…

Chassant la culpabilité qui l'étreignait, il prit le bras de Nessa et le serra étroitement. Autant pour la sentir près de lui que pour l'aider à se déplacer sur ses talons vertigineux. Quand il jeta un coup d'œil à son visage, sa pâleur l'alerta. Juste avant de rejoindre la foule qui se pressait au centre de la cour, il marqua un temps d'arrêt.

— Quelque chose ne va pas ?

Elle secoua la tête et croisa son regard.

— Tout va bien, répondit-elle avec un sourire crispé. Pourquoi en serait-il autrement ?

— Parce que tu as une mine épouvantable, comme si tu marchais à l'échafaud. Tu devrais être heureuse de participer avec tes pairs à l'un des événements les plus prestigieux de l'année.

— Mes pairs ? répéta-t-elle avec une grimace. Ne me fais pas rire !

Luc s'étonna du ton amer qu'elle venait d'employer. C'était la première fois qu'elle l'utilisait. Mais avant qu'il puisse l'interroger sur le sujet, une femme vêtue d'une longue robe violette se précipita pour les accueillir. Il s'agissait de la responsable des relations publiques, comme le révélait le badge agrafé à sa robe.

— Monsieur Barbier, mademoiselle O'Sullivan, nous vous sommes très reconnaissants de vous joindre à nous. Je vous en prie, suivez-moi.

Ils furent conduits dans une immense salle de réception où les attendait un buffet somptueux. Luc sentit les regards étonnés des convives se poser sur lui. En temps normal, il aurait eu un mal fou à se maîtriser pour ne pas leur hurler au visage qu'il avait autant le droit qu'eux de participer à cet événement. Mais pour la première fois, peu lui importait l'étonnement qu'il suscitait : la femme à son bras accaparait toute son attention.

Quand on leur tendit une coupe de champagne, Nessa en profita pour dégager le bras. Il la dévisagea et fut surpris par le sourire qu'elle arborait.

— Quoi ? marmonna-t-il.

— Tu disais que j'avais l'air de marcher à l'échafaud... Mais toi, on dirait que tu veux fusiller tout le monde.

Agacé par la perspicacité de sa cavalière, Luc s'efforça de sourire.

— As-tu déjà participé à cet événement ? insista Nessa.

Luc prit le temps d'avaler une gorgée de champagne avant de secouer la tête.

— Non. On n'a jamais daigné m'inviter. Je n'appartiens pas à ce monde de privilégiés.

— Tu n'as donc pas envie d'être là...

Luc balaya la foule du regard avant de répondre.

— Que j'aie envie ou non d'être là n'entre pas en ligne de compte. J'ai travaillé aussi dur que la plupart de ces gens et je mérite le respect. Rien ne les autorise à me regarder comme un phénomène de foire.

Luc se maudit de cet excès de franchise. Pour détourner l'attention de Nessa, il demanda :

— Que voulais-tu dire tout à l'heure, au sujet de tes pairs ?

Se sentant rougir, elle détourna les yeux et but un peu de son champagne. Luc en profita pour observer ses mains crispées sur la coupe. Des mains fines, étroites, sensuelles... Son regard dériva ensuite sur son décolleté plongeant.

— Je ne voulais rien dire de particulier.

— Nessa...

Le ton exaspéré de Luc lui arracha un soupir.

— Disons... que je ne compte pas ces gens parmi mes pairs, pas vraiment.

— Pourquoi ? Tu es issue du même monde. Il y a une longue tradition équestre dans ta famille.

— Peut-être... Mais ça ne vaut rien quand on perd tout du jour au lendemain. Lorsque mon père est tombé malade et que nos écuries ont traversé une mauvaise passe, la plupart de ces gens nous ont tourné le dos, comme si nous étions maudits. Vois-tu cet homme, là-bas ?

Luc regarda dans la direction que lui indiquait Nessa et avisa un homme corpulent au visage aviné. Comme s'il avait perçu l'attention dont il faisait l'objet, l'inconnu se fraya un chemin dans la foule pour échapper à leur regard.

— Qui est-ce ? demanda Luc.

— PJ Connolly. Un des plus vieux amis de mon père. Ils ont grandi ensemble. Il dirige les écuries nationales. Il aurait pu nous venir en aide, mais il ne l'a pas fait. Ce n'est que lorsque Nadim nous a tirés d'embarras que nous sommes redevenus respectables à ses yeux.

Luc était stupéfait. Il n'aurait jamais cru partager le

moindre point commun avec Nessa. Or, tout comme lui, elle connaissait la douleur du rejet.

Reportant son attention sur lui, elle demanda :

— Comment se fait-il que tu connaisses autant de choses sur les chevaux ? Certes, tu as travaillé avec Léo Fouret, mais...

— N'es-tu pas au fait des rumeurs ? la coupa Luc d'un ton qu'il s'efforça de rendre léger. J'ai des origines tziganes.

Nessa pencha la tête de côté et plissa les yeux.

— Je n'écoute pas les rumeurs.

Luc n'eut pas le loisir de s'étendre davantage sur le sujet, car la responsable des relations publiques se dirigeait vers eux, un sourire radieux aux lèvres.

— Plusieurs personnes ici présentes souhaiteraient vous féliciter pour votre victoire aujourd'hui. Si vous voulez bien me suivre...

Luc se laissa conduire à l'autre bout de la salle, songeur. Personne avant Nessa ne l'avait interrogé sur son expérience des chevaux avec autant d'intérêt. Il n'avait décelé en elle aucune curiosité malsaine, et cela l'avait déconcerté...

7

Agacée par cette interruption, Nessa regrettait de ne pas en avoir appris davantage sur Luc. La question innocente qu'elle lui avait posée semblait lui avoir causé un choc… Et elle rageait intérieurement à l'idée qu'on l'ait tenu à l'écart de ce milieu alors qu'il méritait d'en faire partie.

À la fin du somptueux repas qui leur fut servi, Nessa jeta un regard furtif vers Luc, assis en face d'elle. Il s'entretenait avec sa voisine, une femme d'âge mûr qui semblait boire ses paroles. Quand leurs regards se croisèrent, elle eut l'impression de recevoir une flèche en plein cœur.

Détournant les yeux, elle se concentra sur le contenu de son verre. Puis, quand elle risqua un nouveau regard vers Luc, elle vit qu'un sourire amusé dansait sur ses lèvres.

Contrariée d'être aussi transparente, elle évita de le regarder jusqu'à la fin de ce repas interminable.

Lorsque la scène s'anima avec le discours de l'organisateur de l'événement, elle put enfin concentrer son attention sur autre chose que son trop séduisant amant.

Hélas ! son esprit vagabondait, et ce ne fut que lorsque le nom de Luc fut prononcé qu'elle revint à l'instant présent.

— … et j'aimerais souhaiter la bienvenue à Luc Barbier, venu tout droit de France, qui nous a offert aujourd'hui une victoire remarquable…

Nessa vit que Luc inclinait la tête sous les applaudissements nourris de la foule. Aucune émotion ne se lisait sur son visage. Comment pouvait-on l'avoir ignoré aussi longtemps ? C'était profondément injuste.

Puis son nom vint à être cité, et elle se sentit rougir devant l'intérêt qu'on lui manifestait.

À la fin du discours, quand les invités quittèrent la table pour se rendre à l'endroit où se produisait un orchestre de jazz, Nessa se sentit mal à l'aise. Elle se demandait si Luc allait l'abandonner à son propre sort à présent qu'il se trouvait au centre de l'attention. Les gens se bousculaient pour venir lui parler. Mais contre toute attente, elle le vit venir dans sa direction.

— Tu avais l'air en colère pendant le discours, lui dit-il à mi-voix. Pourquoi ?

Nessa se figea. Seigneur, elle était trop expressive, incapable de masquer ses émotions ! Et la perspicacité de Luc la mettait au supplice. Comme il attendait sa réponse, elle laissa libre cours à la frustration qui l'habitait.

— Toutes ces simagrées m'agacent. Tu n'es pas nouveau dans le monde équestre, que je sache ! Tes chevaux participent à des courses prestigieuses dans ce pays depuis deux ans et en ont remporté un certain nombre. Sans compter tout ce que tu as accompli en France.

— Cette communauté est très fermée, répliqua Luc d'un ton amer. Posséder un haras et des écuries de course ne suffit pas pour y être intégré.

— C'est ridicule ! Tu as autant le droit d'être ici que n'importe qui. Ta réputation est excellente, et Paddy…

Elle s'interrompit brutalement et se mordit la lèvre.

— Paddy quoi ? demanda Luc en haussant un sourcil.

Maudissant sa spontanéité, elle répondit :

— Eh bien… Tu ne me croiras sans doute pas, mais

Paddy t'idéalise. Les premiers mois après son recrutement dans tes écuries, il ne parlait que de toi. Pour être honnête, c'est en partie pour cette raison qu'il se cache. Il ne supporte pas l'idée de t'avoir déçu.

Luc luttait contre l'envie de croire ce que lui disait Nessa.

— Tu me tiens des propos qui contredisent les actions de ton frère. Et je ne veux pas qu'on m'idolâtre. J'ai besoin de personnes en qui j'ai confiance.

— En qui as-tu confiance ?

— En presque personne, admit Luc qui, pour la première fois de sa vie, n'était pas très fier de ce constat.

Contrarié par le tour que prenait leur conversation, il décida d'y mettre un terme. Prenant le bras de Nessa, il l'entraîna dans la pièce adjacente où des couples évoluaient déjà sur la piste de danse.

Quand ils s'en approchèrent, il sentit soudain la main de la jeune femme se crisper sur son bras et vit qu'une expression de terreur déformait ses traits.

— Qu'y a-t-il ?

— Je ne sais pas danser, répondit-elle en secouant la tête.

— Tout le monde sait danser, même moi.

— Non, vraiment, insista-t-elle en cherchant à se dégager. Je me contenterai de regarder. Je suis sûre que de nombreuses femmes seront ravies de danser avec toi.

Éludant cette remarque, Luc lui agrippa fermement la main, puis la poussa vers la piste.

Nessa se sentait au bord de la nausée. Elle vivait là son pire cauchemar. Elle avait l'impression d'entendre les rires et railleries de ses frères : « Laisse tomber, Ness, tu vas t'emmêler les pieds. »

— Sincèrement, insista-t-elle, je préférerais...

Mais ces mots demeurèrent bloqués dans sa gorge quand Luc l'attira contre lui. Et soudain, ils se mirent à virevolter sur la piste. Elle ne comprenait même pas comment ses jambes pouvaient se mouvoir ainsi, aussi souplement. Un véritable exploit. Heureusement, on ne l'observait pas. Seul Luc attirait tous les regards.

Soudain, il baissa les yeux vers elle et dit :

— Je ne t'ai pas félicitée comme il se doit pour ta victoire aujourd'hui. Tu as été fantastique.

Nessa rougit, étonnée de recevoir un compliment de la part de cet homme.

— Il s'agit peut-être d'un coup de chance. Si j'échoue lors de la prochaine course, ta réputation et ma carrière en pâtiront.

Luc secoua la tête.

— Tu t'es très bien débrouillée avec cette jument. Où as-tu appris à monter de cette manière ?

Peinant à soutenir le regard intense de Luc, elle s'éclaircit la voix.

— Avec mon père... Avant qu'il tombe malade. Mais surtout avec Iseult. Elle a beaucoup de talent. Aussi loin que je m'en souvienne, j'ai toujours monté à cheval. Le soir, en rentrant de l'école, puis tous les week-ends quand je revenais de l'université...

— Tu as fait des études supérieures ?

— Iseult y tenait beaucoup. Elle savait que je voulais devenir jockey et m'a aidée à me perfectionner. Mais elle voulait que mes frères et moi développions d'autres compétences, pour nous en sortir au cas où... Sans compter que le monde des courses pour les femmes jockeys n'est pas... simple.

— Qu'as-tu étudié ?

— Le commerce et l'économie.

Luc leva un sourcil.

— C'est un peu éloigné du monde des courses.

— Je sais, c'est d'ailleurs ce qui m'a tenu à l'écart de ce milieu pendant quelques années. Mais cela m'était égal, en fait. Je voulais être en mesure de gérer notre affaire si les choses devaient à nouveau tourner mal.

— Même si ton beau-frère est riche comme Crésus ?

Nessa lui adressa un regard de reproche.

— Nous ne voulons pas de cadeaux de la part de Nadim, pas même ma sœur, alors qu'elle est mariée avec lui. Et de toute façon, Iseult n'avait pas rencontré son futur époux quand j'ai commencé mes études. Notre situation était encore très tendue. Je savais que je ne pourrais jamais m'offrir le luxe d'embrasser la carrière de mes rêves.

Luc devait l'admettre : Nessa et sa famille avaient traversé de rudes épreuves, et la manière dont celles-ci avaient été surmontées méritait le respect. À moins qu'il ne s'agisse de mensonges destinés à l'impressionner. Sauf qu'il n'y croyait plus...

Depuis qu'il avait découvert l'innocence de Nessa, il n'arrivait plus à mettre sa parole en doute. Qui plus est, vérifier ses dires serait chose facile s'il décidait de mener sa propre enquête.

Quand elle releva les yeux vers lui, il y lut de la détermination.

— Tu n'as toujours pas éclairé ma lanterne : comment se fait-il que tu saches autant de choses sur les chevaux ?

Luc ressentit une pointe d'exaspération. Au milieu de ces couples qui évoluaient sur la piste, il ne voyait aucune issue, aucune échappatoire. Alors, il consentit à répondre.

— Un vieil homme, Pïerre Fortin, habitait l'appartement voisin de celui de ma mère. Il me rémunérait pour de menus services, comme lui faire des courses. Il avait été jockey dans sa jeunesse, mais un accident avait mis un terme à sa carrière. Les histoires qu'il me racontait me fascinaient. Pierre passait son temps à faire des paris en ligne, mais perdait plus qu'il ne gagnait malgré sa connaissance approfondie des chevaux et de leur lignée. Il m'a presque tout appris, y compris comment investir de manière prudente. Quelle ironie, quand on y pense, vu qu'il n'a jamais suivi ses propres conseils.

Nessa ressentit une profonde émotion à l'idée que le jeune Luc Barbier ait pu passer autant de temps avec un vieux jockey blessé.

— Ce devait être une belle personne. Est-il toujours en vie ?

Le visage de Luc s'assombrit.

— Non. Il est mort quand j'étais adolescent. Mais avant qu'il disparaisse, il m'a donné le numéro de téléphone de Léo Fouret et m'a vivement conseillé de prendre contact avec lui. Selon lui, j'avais toutes les chances de l'impressionner avec mes connaissances.

La suite lui avait donné raison, songea Nessa. Mais avant qu'elle puisse interroger Luc davantage, elle sentit qu'il l'attirait plus près de lui pour éviter une collision avec un autre couple. Elle avait presque oublié qu'ils se trouvaient sur une piste de danse.

Et soudain, elle sentit une pression contre son ventre. L'excitation de Luc ne laissait planer aucun doute.

Cramoisie, elle lui jeta un regard affolé, et il resserra son étreinte, rendant la situation encore plus troublante.

Nessa pouvait à peine respirer. Oubliant tout de leur précédente conversation, elle se remémora la scène dans les vestiaires, durant laquelle Luc s'était montré glacial. « Ce qui s'est passé entre nous ne se reproduira plus. »

Elle en avait déduit que sa virginité avait agi sur lui comme un repoussoir.

— Je croyais… que cela ne se reproduirait plus, dit-elle dans un murmure.

— Je pensais ce que j'ai dit.

— Mais…

— Mais je te désire toujours ?

Elle hocha la tête, totalement dépassée par les événements.

Le visage de Luc se crispa.

— Le fait que je te désire n'entre pas en ligne de compte. Je n'ai pas de relations avec le personnel.

Nessa faillit répondre qu'elle n'en faisait pas vraiment partie puisqu'elle travaillait gratuitement, mais préféra se taire.

La proximité de Luc la mettait à la torture. Il avouait la désirer tout en la rejetant. De son côté, elle avait l'impression de brûler de l'intérieur. Ses jambes la retenaient à peine, et elle sentait une douce chaleur s'insinuer entre ses cuisses. Une bouffée de colère la saisit.

— Tu disais ne pas aimer jouer, mais c'est un mensonge, car tu joues avec moi, sans doute pour me punir !

Sur ces mots, elle se dégagea de l'étreinte de Luc et quitta la piste de danse aussi vite que le lui permettaient ses hauts talons. Au moment où elle gagnait le hall, un homme se matérialisa devant elle.

— Mademoiselle O'Sullivan ?

Il lui fallut quelques secondes pour reconnaître le chauffeur. Quand elle le vit regarder derrière elle, elle se retourna. *Luc*. Au prix d'un effort surhumain, elle se reprit et afficha une expression neutre. Elle ne voulait pas qu'il devine son désarroi.

D'un geste, Luc congédia le chauffeur et agrippa Nessa par le bras pour l'entraîner à l'écart de la foule.

Sa mine sombre ne présageait rien de bon.

— Je maintiens ce que j'ai dit : je déteste jouer. Et ce que nous partageons me dépasse totalement...

Nessa se sentit quelque peu apaisée par cet aveu. Peut-être avait-elle réagi de manière excessive.

Libérant son bras et évitant le regard de Luc, elle dit :

— Il est tard, et j'ai promis à Pete de m'entraîner de bonne heure demain pour ma prochaine course.

— Je vais demander à Brian de te reconduire à la maison. Comme j'ai une réunion demain matin en ville, je vais rester ici ce soir.

— Dans ce cas, je te souhaite une bonne nuit.

Luc appela Brian sur son portable, et le chauffeur réapparut. Une fois dans la voiture qui la ramenait aux écuries, Nessa se rencogna dans son siège, honteuse. Qu'il l'ait voulu ou non, Luc lui avait infligé une profonde humiliation. Il avait avoué le désir qu'elle lui inspirait tout en lui faisant comprendre qu'elle était la dernière femme au monde avec qui il souhaitait entretenir une relation. Elle avait eu l'impression de vivre un conte de fées en se rendant à un bal dans une robe magnifique, mais hélas ! danser avec un prince n'avait pas fait d'elle une princesse.

Peu de temps après, Luc se tenait sur le balcon de la prestigieuse suite qu'il avait réservée pour la nuit, une serviette de bain nouée autour de la taille. La lune se reflétait dans les eaux noires de la Liffey, rivière qui serpentait au centre de Dublin. Les rires des derniers fêtards lui parvenaient depuis la rue en contrebas. Il sirota une gorgée de son whisky irlandais dans l'espoir de calmer ses sens survoltés. Mais rien n'y faisait, pas même la douche froide qu'il venait de prendre : son excitation ne baissait pas d'un cran.

Pourquoi s'infligeait-il une telle torture ? Pourquoi refusait-il les plaisirs de la chair avec Nessa ? Parce qu'elle traînait derrière elle mille et une complications ?

Non... C'était autre chose. Sa manière de le regarder et les questions qu'elle lui posait remuaient en lui des émotions qu'il refusait d'analyser.

Luc réprima un juron. Il lui avait parlé de Pierre Fortin, l'homme qui avait été son ange gardien autrefois et qui lui avait tout appris des courses et du monde équestre.

Il avait appelé son premier cheval L'Héritage de Fortin, en souvenir de son vieil ami.

Jamais il n'évoquait le nom de cet homme. C'était trop intime, trop personnel, trop douloureux. Parfois, le chagrin d'avoir perdu son mentor refaisait surface, le prenant au dépourvu par son intensité. Mais, pour la première fois, il avait l'impression de l'avoir trahi en refusant d'en dire davantage à son sujet.

Et pis que tout, malgré les questions gênantes qu'elle lui posait, Nessa exerçait sur lui une attirance folle. Et la faire sienne à nouveau l'obsédait à tel point qu'il n'avait plus les idées claires.

Nessa arriva en deuxième position lors de sa course suivante. Une réussite honorable, compte tenu de son peu d'expérience. Pete était aux anges. Quant à Luc, au lieu de la rejoindre à la fin de la course, il l'avait ignorée.

Plusieurs jours s'étaient écoulés après la réception sans qu'elle l'aperçoive. Visiblement, il avait passé beaucoup de temps à Dublin et s'était aussi rendu à Paris.

Quelle importance, après tout ? songea-t-elle en examinant son reflet dans le miroir des vestiaires VIP. Elle tira sur les pans de sa jupe étroite couleur crème, assortie à une veste cintrée. Elle trouvait sa tenue trop chic, mais Pascal avait insisté pour qu'elle fasse bonne figure devant la presse, alors elle avait revêtu l'une des toilettes laissées par la styliste le soir de la réception.

Elle s'était noué les cheveux avec un ruban noir sur la nuque et portait l'un de ces chapeaux ridicules à large bord replié sur un côté de la tête. Avec un soupir, elle se détourna de son image et prit la direction des salons où devait l'attendre Pascal. Mais à son arrivée, elle trouva la pièce vide, à l'exception d'une longue table où l'on avait disposé rafraîchissements et petits fours. Malgré la faim qui la tenaillait, elle se servit seulement un grand verre d'eau, pour ne pas couvrir de miettes son élégant tailleur.

La pièce offrait une vue imprenable sur la piste où s'était déroulée la course.

Quand elle entendit la porte s'ouvrir dans son dos, elle se tourna pour accueillir Pascal, mais contre toute attente elle se retrouva face à Luc, très sexy dans son costume trois pièces.

Son regard l'embrassa de haut en bas, et elle se sentit rougir.

— Pascal m'a dit de m'habiller convenablement pour la presse, avança-t-elle pour justifier le soin apporté à sa tenue.

— Tu as l'air... très *convenable*, en effet, répliqua Luc, le regard brillant.

Quand elle le vit s'avancer vers elle après avoir verrouillé la porte, elle sentit son cœur s'emballer.

Reculant d'un pas, elle bredouilla :

— Pascal et les journalistes... vont nous rejoindre d'un moment à l'autre.

Luc secoua la tête.

— Pascal est occupé.

— Pourquoi… nous as-tu enfermés dans cette pièce ?

S'avançant d'un pas, il la toisa de toute sa hauteur.

— Je nous ai enfermés parce que j'en ai assez de lutter contre le désir que tu m'inspires.

Passant une main dans son cou, il dénoua le ruban qui retenait ses cheveux et lui retira son chapeau.

— Luc… Que fais-tu ?

Pour toute réponse, il l'attira dans ses bras et prit ses lèvres. Aussitôt, son corps s'embrasa et, renonçant à lutter, elle répondit ardemment à ce baiser tant désiré.

Les bras noués autour du cou de Luc, elle se cambra contre lui. Elle respirait avec difficulté, comme si elle avait couru un marathon. Puis, revenant à la réalité, elle s'arracha à son étreinte et le foudroya du regard.

— Qu'y a-t-il ? demanda-t-il d'une voix rauque.

— Ce qu'il y a ? Tu avais dit que cela ne se reproduirait plus jamais.

— Je pensais pouvoir te résister, Nessa… mais cela m'est impossible. Le feu qui nous anime finira bien par se consumer, mais pour le moment il n'en est rien.

Tentée d'abdiquer, Nessa hésita un bref instant, puis déclara :

— Je ne crois pas que ce soit une bonne idée.

La mâchoire de Luc se crispa. Avant qu'il puisse dire quoi que ce soit, elle enchaîna :

— Je ne suis pas un jouet que tu peux utiliser selon ton bon vouloir.

— Crois-moi, loin de moi l'idée de jouer avec toi.

— Eh bien, je suis sûre que tu trouveras d'autres candidates pour assouvir tes pulsions.

Il secoua la tête et réduisit l'espace qui les séparait.

— Le problème est que je n'ai pas envie d'une autre femme, j'ai envie de toi !

Le cœur de Nessa se mit à battre la chamade. Luc Barbier avouait ne désirer qu'elle... Quand il prit son visage en coupe, elle sentit ses défenses l'abandonner.

— C'est toi que je veux, Nessa.

Pouvait-elle laisser libre cours à la passion que cet homme lui inspirait ? Ne prendrait-elle pas un risque inconsidéré en capitulant ? N'allait-elle pas le regretter amèrement dans un futur proche ?

Des yeux gris sombre la retenaient captive.

— Une étrange alchimie nous pousse dans les bras l'un de l'autre.

Une *alchimie*... Une étrange attirance contre laquelle ils ne pouvaient rien. Luc avait raison, à quoi bon lutter ?

D'un geste timide, elle dessina du bout des doigts les contours sensuels de la bouche de son amant, puis, se haussant sur la pointe des pieds, posa les lèvres sur les siennes.

Assailli par une bouffée de désir, Luc l'enlaça étroitement et la plaqua contre le mur pour goûter cette bouche qui hantait ses rêves depuis plusieurs jours. Il savait que plus rien ne pourrait les arrêter désormais.

— Je te veux ici et maintenant...

Elle ouvrit de grands yeux pleins de désir.

— D'accord...

— Déshabille-toi.

Nessa eut un frisson, se sentant soudain vulnérable. Elle regarda Luc se dévêtir puis l'imita. Comme elle peinait à défaire la fermeture dans son dos, il vint à sa rescousse.

— Retourne-toi.

D'un geste habile, il dégrafa son chemisier et le fit glisser sur ses épaules, puis ce fut au tour de son soutien-gorge. Doucement, il l'invita à lui faire face à nouveau. Son regard de braise s'attarda sur sa poitrine dénudée, et elle vit qu'il faisait de gros efforts pour ne pas la toucher.

— Ta jupe. Retire-la maintenant.

Après une brève hésitation, elle obéit sous le regard brûlant de son amant. Pour la première fois de sa vie, elle savourait le plaisir de plaire à un homme, et surtout à un homme comme Luc Barbier.

Quand ils furent tous deux nus, Luc la souleva dans ses bras, et elle noua les jambes autour de son bassin. Un long baiser sensuel les réunit. Nessa tremblait de plaisir.

Quand elle se retrouva assise à califourchon sur lui dans un ample fauteuil, elle plongea un regard incertain dans le sien. Luc lui sourit.

— Aie confiance, *ma chérie*, tu n'auras pas mal, cette fois.

Elle hocha la tête et posa les mains sur ses épaules. Puis, doucement, lentement, Luc la fit sienne, lui arrachant un gémissement de plaisir.

— À toi de dicter le rythme, *ma belle*, murmura-t-il à son oreille.

De nouveau, Nessa eut pleinement conscience du pouvoir qui était le sien. Quand elle se mit à aller et venir en ondulant des hanches, elle savoura l'effet produit sur son amant.

— Seigneur... Tu vas me tuer, l'entendit-elle murmurer d'une voix rauque.

Alors, au comble de l'excitation, elle accéléra le rythme jusqu'à ce qu'ils se retrouvent emportés par un même courant irrésistible.

Après l'amour, Nessa se blottit contre Luc, le corps vibrant de plaisir. Elle flottait sur un petit nuage. Ce qu'elle venait de vivre dépassait de loin ce qu'elle avait imaginé dans ses rêves les plus fous.

Au bout d'un temps infini, elle sentit la main de Luc

lui soulever le menton. Plongeant son regard intense dans le sien, il dit :

— La prochaine fois, nous ferons l'amour comme il se doit, dans un grand lit.

« La prochaine fois. » De longs frissons la parcoururent. Ce n'était qu'un début.

— La prochaine fois ?

Luc lui sourit, déployant de nouveau ce charme dévastateur auquel elle était incapable de résister.

— Oh oui ! il y aura une prochaine fois, voire plusieurs !

Il ponctua ces mots de baisers brûlants sur son épaule nue, sa gorge, ses seins.

Nessa sentit ses sens s'embraser à nouveau au contact de ces lèvres sensuelles. Elle était prête à tout, pourvu que ce tendre intermède se prolonge indéfiniment.

8

— J'aimerais que tu essayes l'un des chevaux de mes écuries, en France. Il est capricieux, et aucun de mes jockeys ne parvient à le gérer.

Occupée à brosser Tempest qu'elle venait d'entraîner, Nessa suspendit son geste et leva les yeux vers Luc. Vêtu d'un jean usé jusqu'à la corde et d'un polo noir à manches longues, il se tenait nonchalamment adossé à la porte des écuries, les bras croisés. Cette vision lui coupa le souffle et, pendant un instant, elle perdit le fil des propos qu'il lui tenait. Deux jours s'étaient écoulés depuis leurs étreintes enflammées, et son corps en gardait un souvenir bouillant.

— Euh... D'accord.

Luc se redressa, prêt à s'en aller.

— Quand tu en auras terminé ici, fais tes bagages. Nous partirons dans deux heures. Nous logerons dans mon appartement parisien ce soir pour la réception et nous rendrons aux écuries demain.

— Quelle réception ?

— Nous sommes invités à la remise du prix du Jockey Club. Apparemment, tu as fait sensation hors des frontières d'Irlande. Tout le monde veut te voir de près.

Quand il glissa une main dans son cou pour l'attirer plus près de lui et prendre sa bouche, Nessa perdit pied.

Plus rien n'existait, excepté le feu qui l'irradiait tout entière. Lorsque leur baiser prit fin et que Luc releva la tête, elle n'ouvrit pas les yeux immédiatement, toute au plaisir qu'il venait de lui procurer. Puis, bouleversée, elle le regarda s'éloigner à grands pas.

Désemparée, elle demeura un long moment immobile, se demandant ce qui lui arrivait. C'était comme si un éclair l'avait figée.

Son instinct de survie lui disait que laisser Luc jouer ainsi avec ses sens était une très mauvaise idée. Mais comment résister à la tentation de le suivre à Paris ?

Quelques heures plus tard, elle se retrouva en plein conte de fées. Elle s'était déjà rendue à Paris dans le cadre d'un voyage scolaire, mais l'expérience qu'elle vivait aujourd'hui n'avait rien de comparable. Ils avaient volé à bord d'un avion privé, puis on les avait conduits en limousine jusqu'au centre-ville.

Quand ils avaient traversé la banlieue parisienne, reconnaissable à ses façades d'immeubles couvertes de graffitis, elle avait remarqué une tension sur les traits de Luc. Les yeux perdus au loin, il semblait plongé dans ses souvenirs.

Puis la magnificence de Paris leur était apparue, avec ses immenses boulevards et ses bâtiments chics. Le soleil de ce début d'été inondait les rues et sublimait l'architecture de la ville.

Une fois dans l'appartement où tous deux devaient séjourner, situé tout en haut d'une bâtisse magnifique, une gouvernante souriante avait conduit Nessa dans une suite privée pendant que Luc se retranchait dans son bureau pour passer quelques appels. Depuis la salle de bains, elle s'émerveilla de la vue qui s'offrait à elle sur l'arc de Triomphe et la tour Eiffel.

Le dressing regorgeait de tenues féminines… Visiblement, Luc tenait à ce que ses visiteuses ne manquent de rien. Tant mieux, se dit-elle avec un brin d'amertume, car elle avait omis de glisser une robe dans ses bagages.

Après avoir pris un délicieux bain moussant, elle revêtit un négligé de soie et se rendit sur la terrasse pour contempler le coucher de soleil sur la ville. Quand elle vit la tour Eiffel revêtir son habit de lumière, elle sourit de plaisir.

Pour la première fois depuis longtemps, elle se sentait merveilleusement bien. Puis le souvenir des événements qui l'avaient conduite à vivre cette expérience tempéra sa bonne humeur. Comment éprouver de la joie alors que son frère, malade d'angoisse, n'osait plus se montrer ?

Elle l'avait appelé un peu plus tôt, mais il ne répondait pas au téléphone, pas plus que son autre frère, Eoin, très difficile à joindre, lui aussi.

Soudain, un léger coup frappé à la porte de la chambre principale lui fit battre le cœur. Était-ce Luc ? Mais la porte s'ouvrit sur la gouvernante, accompagnée de deux autres femmes.

— M. Barbier vous envoie ces deux demoiselles pour vous aider à vous préparer.

Un peu nauséeuse à l'idée de devoir affronter le regard des invités à la réception prévue plus tard dans la soirée, elle ne put offrir aux trois visiteuses qu'un pauvre sourire.

— Merci, Lucille.

Tout en se laissant guider par ses deux aides, Nessa tenta de repousser les pensées déplaisantes qui l'assaillaient à l'idée que d'autres femmes, tout comme elle, avaient sans doute bénéficié du même traitement de faveur.

— Luc, c'est génial ! Ils l'adorent ! Le fait qu'elle soit si talentueuse la rend encore plus intéressante. Cela fait des années qu'une femme jockey n'a pas autant défrayé la chronique. La presse a aussi eu vent du mariage de sa sœur avec le cheikh Nadim, ce qui la propulse au rang des célébrités les plus en vue du moment. Les invitations affluent de toutes parts. Bienvenu dans le saint des saints, Luc ! Quel effet cela produit-il sur vous ?

Quel effet ? La question que lui avait posée Pascal un peu plus tôt tournait en boucle dans son esprit. Enfin, il obtenait le respect de ses pairs, et on l'acceptait dans le milieu très fermé des courses. Mais curieusement, au lieu de l'euphorie escomptée, il se sentait vide, presque déçu. Même la vue imprenable qu'offrait son appartement sur Paris le laissait indifférent.

Soudain, un petit bruissement le fit se retourner, et il tomba en arrêt devant le spectacle que lui offrait Nessa. Son cœur manqua un battement. Il l'avait trouvée belle lors de la précédente réception, mais là elle était… éblouissante. Elle portait une longue robe verte aux tons chatoyants qui sublimait les courbes de son corps. Ses cheveux relevés en chignon lui donnaient une prestance incomparable.

— Je suis prête, annonça-t-elle d'une voix tremblante.

Il y avait en elle une vulnérabilité qui toucha Luc plus qu'il n'aurait voulu l'admettre. C'est pourquoi il ressentit le besoin de la rassurer.

— Tu es très belle, Nessa.

Quand il la vit lisser nerveusement les pans de sa robe, il ressentit à nouveau une profonde émotion.

— Je ne suis pas belle, objecta-t-elle. Tu n'as pas besoin de me dire une chose pareille.

En deux enjambées, il réduisit l'espace qui les séparait et posa la main sous son menton pour l'obliger à le regarder.

— Si tu étais quelqu'un d'autre, je dirais que tu cherches les compliments, mais je suis certain de ta sincérité. Qui a pu te mettre de telles idées dans la tête ?

Elle dégagea son visage.

— Grandir avec deux frères a fait de moi une sorte de garçon manqué, et notre mère est morte quand j'avais huit ans.

— Et ta sœur aînée, Iseult ?

— Elle était très occupée...

Luc eut toutes les peines du monde à masquer son étonnement. Il n'avait jamais rencontré de femme comme elle, aussi peu encline à jouer de ses charmes, ce qui la rendait d'autant plus rafraîchissante et attirante. Luttant contre l'envie de lui prendre la main et de l'entraîner à nouveau dans la chambre, il recula de quelques pas.

— Nous devrions y aller. Le chauffeur nous attend.

Dans l'ascenseur qui les conduisait au rez-de-chaussée, Nessa était encore sous le coup des propos que Luc lui avait tenus. Ainsi, il la trouvait belle. Elle le connaissait assez bien pour savoir qu'il n'était pas du genre à se répandre en compliments...

Dans l'espace confiné de la cabine, elle peinait à respirer calmement, tant la proximité de Luc agissait sur ses nerfs fragiles. Quand elle croisa son regard intense dans le miroir mural, son cœur s'emballa. Ses yeux ne laissaient planer aucun doute quant au désir qu'il ressentait pour elle. Bouleversée, ne sachant pas comment réagir face à cette situation inédite, elle se figea. Sans doute était-il habitué à ce que ses maîtresses se pendent à son cou pour le remercier de ses largesses. Peut-être était-ce qu'il attendait. Certaines allaient sans doute jusqu'à appuyer sur le bouton d'arrêt de l'ascenseur pour prolonger ce moment d'intimité. Totalement déboussolée, elle prononça les premiers mots qui lui vinrent à l'esprit.

— C'est une chance que ton dressing regorge de robes... pour tes amies. Il y a l'embarras du choix...

Un froncement de sourcils accueillit cette remarque, puis les portes de la cabine s'ouvrirent sur le hall.

Comme Nessa s'apprêtait à sortir de l'ascenseur, Luc la retint par le bras.

— Qu'est-ce que tu sous-entends ?

Se sentant rougir, elle répondit :

— Eh bien... Il semble que tu as tout prévu pour gâter tes maîtresses...

— Ces vêtements t'étaient destinés, la coupa-t-il abruptement. J'ai demandé à une styliste de les livrer avant notre arrivée. Je n'ai pas pour habitude d'entretenir mes maîtresses ni de leur offrir une garde-robe.

Nessa demeura un moment sans voix. Ainsi, toutes ces largesses ne concernaient qu'elle... Que devait-elle en déduire ?

Regrettant d'en avoir trop dit, Luc décida d'en rester là et prit Nessa par le bras pour l'entraîner à l'extérieur de l'hôtel où la voiture les attendait.

Le voyage jusqu'au lieu de la réception s'effectua dans un silence pesant. Craignant de prononcer à nouveau des paroles malheureuses, Nessa préféra se concentrer sur les lumières de la ville qui défilaient devant ses yeux.

Elle devait garder à l'esprit une donnée essentielle : quoi qu'elle ressente pour Luc, ce dernier n'éprouvait que de l'attirance pour elle. Une attirance qui finirait par s'estomper avec le temps. Et si elle n'avait pas surgi dans sa vie pour voler au secours de son frère, jamais elle n'aurait eu l'occasion de l'accompagner à une réception, habillée comme une princesse.

Mieux valait qu'elle n'oublie jamais les circonstances qui les avaient réunis. Car dès que Paddy aurait retrouvé la trace de l'argent volé, elle sortirait aussitôt de la vie de Luc.

Retenu par un homme qui l'avait interpellé dans le hall de l'hôtel, Luc échangeait à présent quelques propos avec lui, offrant ainsi à Nessa un instant de répit.

Soudain, une voix féminine la fit se retourner d'un bloc.

— N'est-ce pas le plus bel homme que la Terre ait porté ?

Interloquée, Nessa contempla la femme blonde qui venait de s'adresser à elle.

— Excusez-moi... Je vous connais ?

La femme lui jeta un regard teinté de mépris.

— Vous êtes la nouvelle jockey dont tout le monde parle, je présume. Couchez-vous avec lui ?

Nessa rougit.

— Je ne crois pas que cela vous regarde...

La femme lui agrippa le bras avec force.

— Personne ne réussira à l'apprivoiser. On ne peut pas dresser un animal aussi rebelle.

Nessa dégagea son bras et fusilla l'intruse du regard.

— Ce n'est pas un *animal*. C'est un être humain.

— Céleste ! Quel plaisir !

Nessa tourna la tête et aperçut Luc qui venait de se matérialiser à côté d'elle. Le regard noir qu'il arborait démentait les propos qu'il venait de tenir. Cette rencontre ne lui procurait visiblement aucun plaisir.

La femme s'approcha tout près de lui et posa sur son bras une main aux ongles carmin démesurément longs.

— Chéri... Cela fait si longtemps !

Luc repoussa sa main et prit le bras de Nessa sous le sien.

— Bonsoir, Céleste.

Sur ces mots, il tourna les talons, entraînant Nessa à sa suite.

Dans la voiture qui les ramenait à son appartement, Luc repensait à la manière dont Nessa avait pris sa défense : « Ce n'est pas un animal. » Elle avait dit ces mots avec un dégoût non dissimulé pour celle qui avait osé les prononcer. Elle s'était montrée tout aussi intraitable quand elle avait plaidé la cause de son frère lors de leur toute première rencontre.

— Tu n'avais pas besoin de la rabrouer, marmonna-t-il en se tournant vers elle. Je sais me défendre tout seul.

Nessa leva les yeux vers Luc.

— Elle parlait de toi comme si tu n'étais pas un être humain. Comment as-tu pu fréquenter cette femme ? Elle est épouvantable.

Une vague de dégoût le submergea.

— Je n'ai jamais été son amant, même si elle a tout mis en œuvre pour me séduire. C'est la femme de Léo Fouret. Une nuit, je l'ai retrouvée nue dans mon lit, et elle a menacé de me poursuivre pour viol si je refusais de coucher avec elle. C'est la raison pour laquelle j'ai quitté les écuries de Léo Fouret. Il connaissait les travers de sa femme et m'a demandé de partir en me proposant de l'argent en échange de mon silence. J'ai refusé l'argent, mais j'ai emporté un cheval.

Pourquoi diable s'était-il laissé aller à de telles confidences ? Il ne devait aucune explication à Nessa.

— Je comprends mieux pourquoi tu as eu cette... réaction quand tu m'as trouvée endormie dans ta chambre. Je suis désolée d'avoir remis cette femme en place, mais je n'ai pas pu m'en empêcher. Elle t'a traité comme un objet.

Luc sentit sa gorge se serrer. Toute sa colère s'était envolée.

— Finalement, Céleste m'a rendu un fier service, avoua-t-il. Si je n'avais pas été obligé de quitter les écuries de Léo Fouret, j'y travaillerais sans doute encore aujourd'hui. Ce cheval m'a apporté la fortune.

— Je pense que tu aurais tout aussi bien réussi sans lui.

Luc la fixa intensément.

— Tu es une vraie tigresse.

Elle sentit le rouge lui monter aux joues. Que répondre à cela ? Elle n'en avait aucune idée. Elle regrettait de s'être comportée d'une manière aussi impulsive avec cette femme. Toutefois, savoir que Céleste n'avait jamais été intime avec Luc la comblait de joie.

Des dizaines de questions se pressaient dans sa tête, mais Luc ne lui laissa pas le loisir de les poser.

— Tu t'es très bien débrouillée, ce soir.

— Je me sentais dans la peau d'une usurpatrice, à vrai dire. Avoir réussi deux courses ne mérite pas autant d'éloges.

Luc secoua la tête.

— Ton talent naturel saute aux yeux, et tu es une très belle femme. La combinaison des deux te rend forcément attirante.

Elle eut un sourire amer.

— J'ai couru un certain nombre de fois ces dernières années, sans attirer l'attention de quiconque. Si l'on s'intéresse à moi aujourd'hui, c'est parce que je représente tes écuries. Ce que tu fais les fascine.

— Ces personnes seraient tout autant fascinées par une voiture carbonisée sur le bord de la route !

Nessa préféra ne pas le contredire, car elle comprenait ce qu'il ressentait. Elle avait vu de quelle manière les gens le regardaient. Ce devait être pénible de devoir toujours faire ses preuves.

De peur qu'il ne lise en elle à livre ouvert, elle tourna le visage vers la vitre. Elle se surprit à envier les couples d'amoureux qui se promenaient sur les bords de Seine. Comme elle aurait aimé se joindre à eux au bras de Luc ! Puis elle se raisonna. La relation qu'elle entretenait avec cet homme n'avait rien de romantique. Il n'y avait pas d'amour entre eux. Soudain, le simple fait de songer à ce merveilleux sentiment lui fit battre le cœur plus vite.

Seigneur, elle était follement éprise de Luc...

— Es-tu déjà venue à Paris ?

Sa voix masculine la fit sursauter.

Non, elle n'était pas amoureuse de lui. C'était impossible.

S'efforçant de lutter contre la panique qui menaçait de la submerger, elle se dit que c'était probablement la magie de cette ville qui lui troublait l'esprit.

— Une fois, il y a longtemps, répondit-elle en détournant les yeux. Lors d'un voyage scolaire. J'ai toujours eu envie d'y revenir. Je n'ai jamais vu de ville aussi belle.

Luc fixa le visage de Nessa avec intensité. Elle paraissait habitée par la mélancolie. Toute la soirée, sa présence à côté de lui avait mis ses sens à rude épreuve. Les regards dont les autres hommes l'avaient enveloppée l'avaient agacé, même s'il comprenait leur fascination. Plusieurs fois, il avait eu envie de l'entraîner à l'écart pour lui arracher ses vêtements.

Une urgence qu'il ressentait encore, mais qu'il décida de combattre en demandant au chauffeur de faire un petit détour.

Quand la voiture s'arrêta quelques minutes plus tard, après avoir emprunté des petites rues étroites, Nessa demanda :

— Où sommes-nous ?

— À Montmartre. Viens, je voudrais te montrer quelque chose.

Il l'aida à sortir de la voiture et lui prit la main. Quand ils gagnèrent le Sacré-Cœur, Nessa sourit à la vue de la magnifique basilique qui attirait encore, malgré l'heure tardive, de nombreux badauds. La voyant frissonner, Luc retira sa veste pour la déposer sur ses épaules.

— Oh ! merci ! dit-elle avec gratitude.

Ils grimpèrent en haut des marches qui menaient à la basilique et marquèrent un temps d'arrêt pour l'admirer.

— C'est magnifique, dit Nessa.

— Es-tu venue ici lors de ton voyage scolaire ?

— Oui, mais pas le soir. C'est magique. Merci...

Luc eut un geste circulaire sur la ville en contrebas.

— Je venais ici souvent quand j'étais petit, vers dix ou onze ans. Avec mes amis, nous profitions de la saison touristique pour faire les poches des étrangers ou leur voler leur montre.

— T'es-tu fait prendre ?

Luc secoua la tête.

— On nous utilisait parce que nous étions rapides comme l'éclair et capables de disparaître en une fraction de seconde.

— Qui vous utilisait ?

— Des garçons plus âgés. Nous leur rapportions notre butin et nous n'avions pas intérêt à subtiliser quoi que ce soit.

— Tu habitais en banlieue ?

— Oui, dans un quartier où sévissaient les pires bandes.

— La cicatrice que tu as dans le dos date-t-elle de cette époque ?

— Oui, répondit-il d'un air sombre. Une bande rivale,

armée de couteaux, s'est attaquée à moi. J'ai eu de la chance d'en réchapper avec une simple cicatrice.

— Tu m'as dit ne pas avoir de famille. Tu n'avais vraiment personne ?

Luc sentit son cœur se serrer.

— Ma mère est morte d'une overdose quand j'avais seize ans, et je n'ai vu mon père qu'une seule fois, à l'âge adulte… Il était venu me demander l'aumône. Je n'avais ni frères, ni sœurs, ni oncles, ni tantes, ni cousins, personne.

— Personne, sauf Pierre Fortin, objecta Nessa d'une voix douce.

— Oui. Pierre m'a sauvé la vie. Il est mort peu de temps après l'attaque dont j'ai été victime et qui m'a valu cette cicatrice. C'est à ce moment-là que j'ai décidé de suivre son conseil et de prendre contact avec Léo Fouret. Si je ne l'avais pas fait, je serais peut-être mort aujourd'hui.

Nessa tressaillit à cette idée.

— C'est triste qu'il soit parti…

La compassion qu'elle lui témoignait lui alla droit au cœur. D'un geste tendre, il prit son visage entre ses mains et plongea le regard dans le sien.

— Tu es très gentille, Nessa O'Sullivan, ou alors la meilleure actrice qui soit.

Elle se sentit blessée par cette remarque prouvant le peu de confiance qu'il lui accordait. Dégageant son visage, elle répliqua :

— Je suis *vraiment* désolée…

Déterminée à lui prouver sa sincérité, elle soutint son regard sans ciller. Puis, contre toute attente, elle se retrouva dans ses bras, serrée tout contre lui, et le monde cessa d'exister. Seul le désir l'animait désormais.

— Je crois que nous avons assez parlé ce soir, murmura-t-il contre sa tempe. Nous avons mieux à faire…

Avant qu'elle puisse demander de quoi il s'agissait, il défit les épingles de son chignon et plongea les mains dans ses cheveux. Puis il prit son visage en coupe, et leurs lèvres s'unirent en un baiser brûlant.

— Je pourrais te prendre ici et maintenant, mais la prochaine fois que nous ferons l'amour, ce sera dans un lit.

Sur ces mots, il lui agrippa la main et, ensemble, ils retournèrent à la voiture. Les joues en feu et le cœur battant à tout rompre, Nessa mit un temps infini à recouvrer ses esprits.

De retour à l'appartement, Luc ne lui laissa pas le temps de souffler et la conduisit immédiatement dans sa chambre. Puis il lui ouvrit les bras, et elle vint s'y blottir.

Lentement, ils se déshabillèrent l'un l'autre, dans une sorte de fièvre languide. Quand ils furent nus, leurs regards s'arrimèrent. N'y tenant plus, Luc plongea les doigts dans les cheveux soyeux de Nessa et l'attira plus près de lui. Puis, pressant son sexe durci contre ses hanches, il lui caressa les seins avant d'en titiller les pointes roses et durcies. Après un dernier baiser passionné, il lui murmura à l'oreille :

— Allonge-toi sur le lit.

Nessa obéit à cette tendre injonction. Comme elle le fixait avec intensité, les pupilles dilatées et les lèvres entrouvertes, il se sentit transpercé par une flèche de désir qui lui coupa le souffle. S'agenouillant entre ses jambes, il commença à embrasser l'intérieur de ses cuisses.

— Luc... Oh !

Les mains arrimées à ses hanches, il glissa la langue au cœur de sa féminité pour lui prodiguer la plus intime des caresses. Les halètements de Nessa se firent de plus en plus rapides, puis se transformèrent en plainte lorsque, prise de tremblements, elle planta les ongles dans sa peau.

Quand elle reprit son souffle et revint à la réalité, elle ouvrit de grands yeux ébahis.

— C'était... incroyable...

— Et ce n'est pas terminé...

Luc lui sourit, puis la pénétra doucement. Mais soudain, alors que leurs corps ondulaient à l'unisson, il se figea. Quelque chose manquait à l'assouvissement de son plaisir.

— Regarde-moi, murmura-t-il en redressant le buste.

Lorsque Nessa ouvrit les yeux et planta son regard enfiévré dans le sien, il s'abandonna à la passion qui le dévorait.

Quand Luc eut retrouvé son souffle, il se dégagea doucement des bras de Nessa et se rendit dans la salle de bains. Pris d'un léger vertige, il s'appuya au lavabo et ferma les yeux. Il se sentait très faible, comme privé de toutes ses forces.

Bon sang, tu as eu besoin de la regarder pour t'autoriser à jouir...

Il venait de vivre une situation inédite. Jamais il n'avait eu besoin d'une telle fusion avec une femme avant de prendre son plaisir. En outre, Nessa lui avait arraché des confidences qu'il n'avait jamais faites à personne.

Il avait perdu de vue qui elle était, et oublié qu'elle était la complice d'un voleur...

Une boule se forma dans sa gorge. Aveuglé par la passion que lui inspirait cette femme, il en avait oublié toutes ses bonnes résolutions, et en particulier celle qui lui commandait de ne faire confiance à personne.

Désormais, il prendrait soin de ne plus tomber dans un tel piège. Nessa lui était redevable, et il n'était pas prêt à effacer sa dette ou à lui pardonner. Même si, grâce à son talent exceptionnel, elle représentait une aubaine pour ses affaires, il ne la laisserait plus s'immiscer autant dans son intimité. Malgré son innocence et son apparente sincérité, il devait continuer à se méfier d'elle.

Désormais, il ne ferait plus preuve de faiblesse.

9

Nessa entendait couler l'eau de la douche dans la salle de bains, un sourire béat aux lèvres. Elle venait de vivre une expérience charnelle inoubliable, si intense que son corps en tremblait encore.

Elle sursauta en entendant la porte de la salle de bains s'ouvrir et, instinctivement, releva le drap sur son corps dénudé. Luc avait noué une serviette autour de sa taille, et de fines gouttelettes ruisselaient sur son torse musclé.

— Tu devrais retourner dans ton lit, maintenant, lui dit-il d'un ton neutre.

Blessée d'être ainsi congédiée, elle sentit ses joues s'empourprer. Puis elle se raisonna. Qu'espérait-elle ? Que Luc revienne s'étendre auprès d'elle, l'enlace étroitement et lui murmure des mots tendres à l'oreille ?

— Je ne dors pas avec mes maîtresses, ajouta-t-il en guise d'explication.

— D'accord, j'ai compris.

Comme elle cherchait sa robe du regard, ce fut Luc qui la trouva le premier et la lui tendit.

Sans un mot, elle l'enfila puis se dirigea vers la sortie.

— Merci pour cette soirée, dit-elle sans se retourner. J'ai passé un très bon moment.

Pressée de mettre un terme à cette situation humiliante, elle quitta vivement la chambre.

Luc demeura un long moment immobile. Nessa ne ressemblait à aucune de ses précédentes maîtresses et ne méritait pas un tel traitement. Pourquoi l'avait-il congédiée d'une manière aussi abrupte alors qu'il avait envie de la serrer encore dans ses bras ?

Étouffant un juron, il retourna dans la salle de bains pour calmer ses ardeurs sous une douche froide qui, hélas ! ne lui apporta aucun soulagement.

Incapable de trouver le sommeil une fois de retour dans sa chambre, Nessa se rendit sur le balcon pour admirer la vue. Comment avait-elle pu se montrer aussi naïve ?

Ce qu'elle avait partagé avec Luc ne comptait pas pour lui. Sans doute regrettait-il de s'être épanché auprès d'elle. Hélas ! le mal était fait désormais : elle était follement éprise de lui, sans espoir de retour. Elle avait pris sa défense devant Céleste Fouret, comme elle l'aurait fait pour n'importe lequel de ses proches. Mais elle devait l'admettre à présent : Céleste avait raison. Luc Barbier n'appartiendrait jamais à personne. Nessa ne représentait pour lui qu'un bref intermède…

Le lendemain, elle avait déjà empaqueté toutes ses affaires quand elle gagna la pièce principale où elle retrouva Luc attablé pour le petit déjeuner. Vêtu d'un costume sombre impeccable et rasé de près, il feuilletait un journal. Avisant sa présence, il tourna la tête vers elle, le regard indéchiffrable. Il l'invita d'un geste à le rejoindre.

— As-tu bien dormi ? demanda-t-il une fois qu'elle fut assise en face de lui.

— Très bien, merci. Ton appartement est magnifique. Tu as beaucoup de chance.

— La chance n'a rien à voir là-dedans. Cet appartement est le résultat d'années de travail acharné.

Nessa ne croyait pas non plus à la chance jusqu'à ce que Nadim surgisse dans la vie de sa sœur et conjure le mauvais sort infligé à sa famille. Déterminée à contredire Luc, elle déclara :

— Eh bien moi, je crois que parfois des occasions surgissent et qu'il faut savoir les saisir. Tout n'est pas sous notre contrôle.

— En effet, répliqua-t-il sèchement.

— Pierre Fortin n'a-t-il pas joué un rôle important dans ta vie ?

— J'ai saisi l'opportunité qu'il m'offrait, admit Luc à contrecœur.

Puis, désirant éluder le sujet, il ajouta :

— Je dois assister à quelques réunions à Paris aujourd'hui. Mon chauffeur te conduira à mes écuries où t'attend François, mon entraîneur en chef. Il te fera monter Sur la Mer et, en fonction du résultat, nous déciderons de ta participation à la course prévue la semaine prochaine.

— Et si le résultat n'est pas concluant ?

— Tu rentreras en Irlande.

Nessa eut le sentiment de ne représenter qu'un pion sur l'échiquier de Luc. Un jour dans son lit, le lendemain... Prenant une profonde inspiration, elle dit :

— Luc, je...

— Écoute, Nessa...

S'étant interrompus l'un l'autre, ils se turent un instant, puis Luc invita Nessa à s'exprimer la première.

— Eh bien, je voulais simplement te dire que mieux

vaudrait que nous ne couchions plus ensemble. Je suis ici pour un travail et j'ai besoin… de concentration.

Luc la fixa intensément, le regard indéchiffrable.

— Je suis d'accord. J'allais te proposer la même chose.

— Parfait, répliqua Nessa, le cœur lourd.

Puis Luc se leva, et elle l'imita.

— Comme tu l'as dit, nous avons un travail à accomplir, et c'est ce qui compte le plus. Et puis, il faut que tu saches ceci : les relations suivies ne m'intéressent pas. Je n'ai rien de plus à t'offrir que ce que nous avons partagé. Certaines femmes le comprennent et peuvent l'accepter. Tu es différente et, crois-moi, c'est une bonne chose. Mais pour ce qui me concerne, l'attrait de la nouveauté s'est dissipé. Et je ne crois pas aux contes de fées.

« L'attrait de la nouveauté s'est dissipé. »

Luc s'était donc lassé de sa jeune maîtresse innocente. Voilà qui était parfaitement clair. En d'autres circonstances, Nessa aurait pu le remercier pour sa franchise, mais elle se sentait nauséeuse et triste. Levant le menton, elle déclara :

— Je ne suis pas aussi naïve que tu le crois, Luc. Et je ne crois pas plus que toi aux contes de fées.

Luc préféra ne pas relever.

— Très bien. Si tu es prête, tu peux rejoindre le chauffeur. Je vais le prévenir de ton arrivée.

Sans un mot de plus, Nessa tourna les talons. Il fallait à tout prix qu'elle se ressaisisse. Puisque tout était terminé, il ne lui restait plus qu'à gagner la course et à s'acquitter de la dette de Paddy.

Quatre jours plus tard, après plusieurs séances d'entraînement épuisantes, alors que Nessa s'affairait dans l'écurie, François se matérialisa à côté d'elle. Il s'était montré ravi des résultats qu'elle avait obtenus avec Sur la Mer en aussi peu de temps. Elle savait aussi que Luc avait eu des échos de ses exploits par les autres jockeys qui lui avaient montré les caméras disposées un peu partout dans les écuries.

— Luc veut vous voir dans son bureau, l'informa François. C'est au premier étage, dans la maison principale.

Stressée à l'idée de revoir son amant, elle suivit François puis, une fois devant le bureau de Luc, frappa timidement à la porte.

— Entrez !

Vêtu d'un jean et d'un T-shirt noir, il se tenait debout devant son bureau.

— Tu voulais me voir ?

Ce ne fut qu'à cet instant qu'elle comprit qu'il était au téléphone.

Lui tendant le combiné, il dit :

— C'est Paddy.

— Paddy ?

— Ton frère, répliqua Luc d'un ton impatient.

Comme un automate, elle saisit le combiné.

— Nessa ? Tu es là ?

Elle reconnut aussitôt la voix familière de son frère.

— Paddy, où es-tu ? Que se passe-t-il ?

— Tout est réglé, petite sœur ! Pas l'argent… Je le dois toujours à Luc Barbier, mais il sait maintenant que ce n'était pas ma faute. Il est d'accord pour me réembaucher, et je le rembourserai sur mes salaires chaque mois. Je vais prendre des cours de cybersécurité aussi pour que cela ne se reproduise pas. Il m'a dit que tu allais participer à une course importante demain. C'est fantastique, Ness !

Bon, il faut que j'y aille. Je prends un avion ce soir pour rentrer. Je t'appellerai pour tout t'expliquer. Je t'aime, Ness.

Et il raccrocha. Ainsi, tout s'achevait, et Paddy allait retrouver son emploi...

Nessa garda le combiné dans la main un bon moment, le temps de se ressaisir pour pouvoir affronter Luc.

— Peux-tu m'expliquer ? lui demanda-t-elle.

— C'est Gio Corretti qui a compris ce qu'il se passait, parce que cela lui était déjà arrivé avec un autre cheval. Quelqu'un avait piraté son système informatique en se faisant passer pour le responsable des écuries. Par le biais d'informations bancaires détournées, l'argent s'est retrouvé sur le compte du pirate. C'est ce qui est arrivé à ton frère. Lorsque l'entreprise de sécurité à laquelle j'ai fait appel a retrouvé la trace de Paddy, je l'ai contacté et lui ai dit qu'il pouvait rentrer, à condition de ne plus s'enfuir comme un voleur si un autre problème devait survenir.

Il se passa nerveusement une main dans les cheveux, et Nessa se rendit compte qu'il paraissait exténué. Une autre femme l'avait-elle déjà remplacée dans son lit ? Une femme qui acceptait les règles du jeu ?

— Tu es donc libre de t'en aller, reprit-il d'un ton las. J'aimerais que tu participes à la course de demain, mais si tu préfères t'abstenir, j'accepterai ta décision. Tu ne me dois plus rien.

Nessa, qui n'avait jamais envisagé cette possibilité, se sentit frissonner.

— Et la dette de Paddy ? Il a dit qu'il devait la rembourser...

— Je l'ai exonéré du remboursement de cette dette, mais il tient à s'en acquitter pour se faire pardonner sa négligence. Impossible de le faire changer d'avis.

Le cœur de Nessa se serra. Luc était prêt à passer l'éponge et à ne pas réclamer le million d'euros perdu.

Bien que désireuse de s'enfuir au plus vite pour panser ses blessures, son professionnalisme l'emporta. D'autant plus que la course du lendemain revêtait une importance capitale pour sa carrière de jockey.

— Je courrai demain. Mais si je gagne ou arrive placée et qu'il y a de l'argent à la clé, je veux qu'il serve à éponger une partie de la dette.

— Tu ne veux rien pour toi ?

— Je ne veux rien de ta part. En avons-nous terminé ?

— Oui.

Alors qu'elle tournait les talons pour quitter le bureau, il la rappela. Un fol espoir la saisit, mais à son regard indéchiffrable elle comprit qu'elle faisait fausse route.

— Où que tu ailles et quoi que tu décides dans le futur, sache que tu auras mon appui, lui dit-il d'un ton neutre. Je te garderais bien dans mes écuries ici ou en Irlande, mais je ne pense pas que tu apprécierais de travailler pour moi.

L'idée même de côtoyer cet homme pendant des années, de voir des femmes entrer et sortir de sa vie, lui était intolérable.

Levant le menton, elle déclara :

— Honnêtement, après la course de demain, j'espère ne plus jamais te revoir.

Le lendemain matin, avant la course, Nessa rendit l'intégralité de son petit déjeuner, tant elle se sentait oppressée. Heureusement, elle avait réservé un vol pour Dublin le soir même et, bientôt, toute cette aventure appartiendrait au passé.

— Je n'arrive pas à le croire ! s'exclama François. Elle va gagner !

Une immense fierté envahit Luc quand il vit Nessa approcher en tête de la ligne d'arrivée. Elle fendait l'air sur son cheval. Soudain, prenant conscience de sa frêle silhouette, il fut gagné par un sentiment de peur irraisonnée. Et si elle tombait ?

Quand elle s'était tenue devant lui la veille dans son bureau, il avait dû lutter pour ne pas la soulever dans ses bras et l'emporter dans sa chambre. L'envie de la ligoter pour l'empêcher de partir l'avait saisi. Mais il était trop tard. D'ici à quelques heures, elle aurait disparu de sa vie.

« J'espère ne plus jamais te revoir. »

Il avait caressé l'idée de la séduire à nouveau, puis y avait renoncé. Cette jeune personne, forte et vulnérable à la fois, ne méritait pas que l'on joue avec ses sentiments...

— Luc, regardez, elle a gagné !

Revenant à la réalité, il vit Nessa franchir en tête la ligne d'arrivée.

— Bon sang ! Que se passe-t-il ? s'écria soudain François d'un ton alarmé. Ce cheval est hors de contrôle...

Luc se sentit frémir. Tandis que les retardataires terminaient leur course, un cheval privé de sa monture faisait des ruades près de l'enclos où se dirigeait Nessa. Soudain, il se dirigea droit vers elle, et ce fut le drame. Pris de panique, Sur la Mer projeta sa cavalière à terre dans un tourbillon de poussière...

Les secours étaient déjà arrivés quand Luc se précipita sur le lieu de l'accident. Quand il voulut se rapprocher de la forme inerte de Nessa, François l'en empêcha.

— Luc, laissez les ambulanciers faire leur travail !

— Désolé, monsieur Barbier, je ne peux donner de nouvelles qu'à la famille ou aux proches.

Luc n'en faisait pas partie. Nessa était hospitalisée et n'avait personne à son chevet.

C'était sa faute !

Ignorant la remarque du médecin, Luc répliqua :

— Je ne suis pas seulement son employeur. Nous avons eu une aventure.

Après réflexion, le médecin consentit à lui donner quelques informations.

— Dans ce cas, puisque vous êtes un intime, sachez qu'elle a eu beaucoup de chance. À part quelques contusions au niveau du dos, elle va bien.

Le médecin s'interrompit un court instant, puis reprit :

— Le seul souci, c'est que nous n'avons pas pu sauver le bébé. Mlle O'Sulivan ne savait pas qu'elle était enceinte, donc j'imagine que vous non plus. Sa grossesse datait de quelques semaines seulement... Il nous est difficile d'établir avec certitude ce qui a provoqué la fausse couche. Le choc peut avoir joué un rôle important. Une chose est sûre cependant : rien ne l'empêchera à l'avenir de mettre au monde un bébé en parfaite santé.

Luc quitta l'hôpital en état de choc.

Enceinte ! Un bébé...

Lui qui n'avait jamais imaginé fonder une famille ressentait à présent un sentiment de perte incommensurable. Comme à l'époque de la mort de sa mère, puis de celle de Pierre Fortin. Il s'était promis alors de ne plus jamais laisser quiconque le faire souffrir.

Mais, durant toutes ces années, il s'était menti à lui-même, comme en témoignait sa peine soudaine. La perspective de fonder une vraie famille, différente, la sienne, venait de lui échapper.

Nessa avait porté son enfant et failli mourir sous les sabots d'un cheval. Luc portait une lourde responsabilité, car il n'avait pas su protéger la mère et le bébé...

« Rien ne l'empêchera à l'avenir de mettre au monde un bébé en parfaite santé. »

Les dernières paroles du médecin tournaient en boucle dans son esprit.

Nessa se remettait doucement de sa chute. Allongée dans son lit d'hôpital, elle souffrait encore un peu du dos, mais le pire était ce vide qu'elle ressentait au fond d'elle-même. Sans le savoir, elle avait porté un enfant.

Pourquoi une telle tristesse l'habitait-elle ?

Parce que c'était l'enfant de Luc. Parce qu'elle avait secrètement rêvé de vivre un conte de fées. Parce qu'au moment où le médecin lui avait parlé du bébé, elle l'avait imaginé brun aux yeux gris, comme son père.

Nessa ferma les yeux pour refouler ses larmes. C'est à cet instant précis qu'elle entendit la porte s'ouvrir.

— Nessa...

Au son de cette voix masculine, tant aimée et détestée à la fois, elle tourna vivement la tête vers la fenêtre et ne rouvrit les yeux qu'une fois certaine de ne pas fondre en larmes.

Quand elle croisa le regard de Luc, elle comprit qu'il savait...

— J'ignorais que j'étais enceinte, dit-elle d'un ton las.

— Je sais.

— Ah bon ? Tu es sûr que je ne l'ai pas fait exprès pour te piéger ?

— Autrefois, l'idée m'aurait effleuré, mais plus maintenant. Je te connais...

— Non, le coupa-t-elle d'une voix brisée. Pas vraiment. Tu n'as aucune idée de ce que je veux vraiment.

Il prit le temps de s'asseoir à côté d'elle avant de demander, d'une voix douce :

— Et que veux-tu, Nessa ?

Toi ! eut-elle envie de lui crier au visage. Mais elle détourna les yeux.

— Je veux que tu partes, Luc. Mon frère vient me chercher demain à la première heure pour rentrer à Dublin.

— Nous venons de perdre un bébé, Nessa. Il faut que nous en parlions.

— C'est *moi* qui ai perdu ce bébé. Ne me dis pas qu'apprendre ma grossesse t'aurait rempli de joie.

Luc se leva brusquement de son siège. Ses yeux lançaient des éclairs.

— Qu'entends-tu par là ? Tu ne m'aurais rien dit ?

Un peu décontenancé, Nessa répliqua :

— Je n'en sais rien. Je n'ai pas eu le loisir d'y réfléchir.

— Te serais-tu débarrassée du bébé ?

— Non ! s'écria-t-elle en posant instinctivement les mains sur son ventre.

Luc se mit à arpenter la chambre de long en large.

— Je ne te cacherai pas le choc que j'ai ressenti en apprenant la nouvelle. Il est vrai que j'ai toujours refusé l'idée de fonder une famille. Je n'ai jamais voulu être père parce que le mien était absent.

Il se tut un instant, puis reprit.

— Mais maintenant, les choses sont différentes.

— Que veux-tu dire ?

La réponse de Luc la stupéfia.

— Je pense que nous devrions nous marier.

10

— Serais-tu tombé sur la tête ? demanda Nessa quand elle fut revenue de sa surprise.

— Je suis on ne peut plus sérieux. Nous aurions une conversation complètement différente si tu n'avais pas perdu le bébé.

Une douleur fulgurante la traversa.

— Penses-tu que c'était ma faute ? Je ne savais pas... Je me suis sentie nauséeuse toute la semaine, mais j'ai cru que...

Elle se tut, de peur d'en dire trop. Luc ne devait pas avoir connaissance des tourments qu'elle avait traversés.

— Non, Nessa, ce n'était pas ta faute. Il se trouve que nous avons failli avoir un enfant et que nous nous serions mariés si nous avions appris ta grossesse. Pas question de mettre un enfant au monde hors mariage. Je suis né de cette manière et je refuse d'infliger le même sort à mon enfant.

Nessa peinait à suivre la logique de Luc.

— Puisque je ne suis pas enceinte, pourquoi diable voudrais-tu m'épouser ?

Luc se remit à aller et venir dans la chambre.

— Parce que cette expérience m'a mis face à la réalité : je ne suis pas aussi opposé que je le pensais à l'idée de fonder une famille. J'ai toujours rejeté l'éventualité d'avoir un enfant, un héritier. Mais j'en vois les bénéfices aujourd'hui.

Nessa émit un profond soupir.

— Je trouve ton analyse... très clinique.

— Je l'aimerai autant que possible. Je lui offrirai une belle vie. Nous lui donnerons des frères, des sœurs, une famille... Comme la tienne.

— Et moi ? ne put-elle s'empêcher de demander. M'aimeras-tu « autant que possible » ?

Il balaya l'objection d'un geste.

— L'amour n'entre pas en ligne de compte. C'est d'ailleurs pour cette raison que notre union sera réussie. Nous ne nous bercerons pas d'illusions. Je te veux près de moi, Nessa, et suis prêt à m'engager à tes côtés. Nous formons une bonne équipe. Ces dernières semaines nous ont apporté beaucoup sur le plan professionnel. Nous pouvons partir de cette réussite pour créer un empire.

— Il y a quelques jours à peine, tu disais que l'attrait de la nouveauté s'était dissipé.

— Je regrette ces propos. Je ne voulais pas te blesser.

— Eh bien, c'est raté ! laissa-t-elle tomber d'un ton amer. Bien que je sois flattée que tu me juges digne d'être ta femme et la mère de tes enfants, je me vois contrainte de refuser ton offre.

Il fronça les sourcils.

— Pourquoi ?

— Parce que je ne t'aime pas.

Menteuse...

Luc ne se laissa pas décontenancer.

— Quelle importance ? Entre nous, il existe une réelle alchimie...

— Qui se dissipera avec le temps, lui rappela Nessa.

— J'ai sous-estimé l'attirance que nous avons l'un pour l'autre. Elle ne s'estompera pas de sitôt.

— Peut-être, mais c'est inéluctable, insista-t-elle. Et alors, que se passera-t-il ? Tu prendras des maîtresses pendant que tes enfants verront leurs parents s'éloigner l'un de l'autre ?

Comme Luc refusait de répondre à cette attaque, elle ajouta :

— Cela ne marchera pas, Luc. Avant la mort de ma mère, mes parents ont connu un mariage heureux. Je veux vivre le même bonheur. Ce que tu me proposes ne me convient pas. Choisis une femme qui accepte tes règles.

« L'amour n'entre pas en ligne de compte. » Au contraire, pour Nessa, il n'était question que de cela. Elle voulait vivre une relation intense comme sa mère avant elle, et comme celle que sa sœur entretenait avec Nadim. Pour elle, le mariage était synonyme de dévouement et de confiance.

— Nessa...

— Désolé, monsieur, vous allez devoir partir, intervint l'infirmière qui venait d'entrer dans la chambre. Mlle O'Sullivan a besoin de repos.

Nessa se sentit soudain très lasse.

— Va-t'en, Luc. Et s'il te plaît, ne reviens pas. Je ne peux pas te donner ce dont tu penses avoir besoin.

Pendant un court instant, elle crut qu'il allait s'obstiner. Il semblait bouillir intérieurement. Puis, il eut un geste de reddition.

— Je vais m'en aller, mais nous reprendrons cette conversation plus tard, Nessa.

Il n'en est pas question, songea-t-elle en le regardant quitter la chambre.

Quand il eut disparu, l'infirmière se pencha vers elle et lui adressa un clin d'œil.

— Si vous ne pouvez pas lui donner ce dont il a besoin, envoyez-le-moi !

Nessa répondit par un faible sourire puis reposa la tête sur l'oreiller. Luc l'avait demandée en mariage, mais pour lui il s'agissait d'une sorte de partenariat d'affaires, rien de plus. Appartenir à la famille du cheikh Nadim le placerait dans une position intouchable. Finalement, il obtiendrait le respect dont il rêvait depuis si longtemps. Quant à elle, elle lui permettrait d'assurer une descendance, en portant ses enfants.

D'une certaine manière, elle enviait Luc de pouvoir se montrer aussi détaché...

Au moment où l'infirmière quittait la chambre, le téléphone de Nessa se mit à sonner. Sa sœur l'appelait depuis Merkazad.

— Ness, que s'est-il passé ? lui demanda-t-elle d'un ton affolé. Tu vas bien ?

Nessa s'évertua à rassurer sa sœur inquiète puis lui relata tout ce qui lui était arrivé. Tout sauf l'amour qu'elle ressentait pour Luc Barbier et la perte du bébé.

Luc n'avait pas revu Nessa depuis une semaine et avait fini par regagner ses écuries en Irlande. De son côté, la jeune femme avait quitté l'hôpital le lendemain de son admission et était rentrée chez elle, accompagnée de Paddy, à bord d'un avion privé affrété par Nadim.

Luc avait décidé de se tenir à distance pour lui permettre de récupérer et aussi de réfléchir à sa proposition.

Il ne doutait pas de réussir à la convaincre de l'épouser :

la force qui les poussait dans les bras l'un de l'autre serait la plus forte.

— Comment ça, elle n'est pas chez elle ? s'écria Luc, hors de lui.

Il avait convoqué Paddy dans son bureau pour qu'il lui indique le chemin jusqu'aux écuries O'Sullivan, et ce dernier venait de lui apprendre que Nessa était absente.

— Elle se trouve à Merkazad, auprès d'Iseult qui risque d'accoucher d'un instant à l'autre.

— Mais... Elle est blessée !

— Elle m'a dit qu'elle se sentait beaucoup mieux.

Luc étouffa un juron et se mit à arpenter le bureau de long en large, comme un animal en cage. Alors qu'il avait *besoin* de Nessa, celle-ci se trouvait à l'autre bout du monde.

Il s'immobilisa soudain.

Alors qu'il n'avait jamais eu *besoin* de personne, voilà que Nessa lui manquait terriblement.

Abandonnant Paddy, il se rendit dans son cabinet privé et se versa une rasade de whisky, laquelle, au lieu de le rasséréner, le rendit encore plus nerveux.

Ne tenant pas en place, il sortit et se dirigea vers les écuries. Après avoir sellé son cheval, il partit au galop à travers la lande. Il ne s'arrêta que lorsque sa monture fut couverte de sueur. Tandis qu'il la ramenait au pas jusqu'à son enclos, il songea à l'avenir qui l'attendait. Après des années d'errance, il avait enfin atteint le but qu'il s'était fixé. Désormais, il avait gagné le respect de ses pairs. Mais la seule personne avec qui il avait envie de partager ce triomphe l'avait quitté pour retrouver sa famille... Une famille dont il était exclu.

Il devait se faire une raison : puisque Nessa ne l'aimait

pas, il n'avait pas le droit de se servir de leur attirance mutuelle pour chercher à la reconquérir. Elle méritait de rencontrer une personne meilleure que lui.

Il était trop tard désormais pour essayer de devenir cette personne.

— Nessa, si tu m'avais dit pour le bébé, je ne t'aurais jamais laissée entreprendre ce voyage !

La compassion que lui témoignait sa sœur la toucha profondément, et elle sentit des larmes lui piquer les yeux. Alors que les deux jeunes femmes prenaient le thé dans le parc du château de Merkazad, Nessa avait fini par relater à Iseult les événements de ces dernières semaines.

De son côté, Nadim avait décidé d'aider Paddy à rembourser sa dette auprès de Luc Barbier. À présent, cette histoire ne la concernait plus. Paddy avait toutes les cartes en main, désormais. La décision d'accepter l'offre de son beau-frère lui revenait.

— Tout va bien, Iseult, ne t'inquiète pas. Je suis heureuse d'être ici.

Nessa était sincère. Elle adorait son neveu, Kamil, avec qui elle passait beaucoup de temps.

— Et Luc ? demanda doucement Iseult.

— Quoi, Luc ? Il m'a proposé un mariage d'affaires, pas un mariage d'amour.

— Et toi, l'aimes-tu ?

Elle aurait aimé répondre par la négative mais, submergée par les émotions, finit par hocher la tête en refoulant ses larmes.

C'est à ce moment précis que Kamil surgit à côté d'elle en bondissant. Il tenait une tablette entre ses mains.

— Regarde, tatie, je t'ai trouvée sur Internet !

Il se cala sur ses genoux et lança la vidéo de la dernière course remportée par Nessa.

Iseult intervint.

— Je ne crois pas que tatie Ness ait envie de revoir cela, Kamil. Trouves-en une autre.

— Laisse, Iseult, répliqua Nessa avec un sourire crispé. Je n'ai pas eu l'occasion de voir cette vidéo.

Quand Kamil, qui était déjà passé à autre chose, quitta les genoux de Nessa, cette dernière le remarqua à peine. Elle avait les yeux rivés sur la scène qui s'était déroulée après la course. Le cheval devenu fou, la chute qui avait failli lui être fatale. Puis l'apparition de Luc au milieu de la foule, accompagné de François qui lui disait quelque chose qu'elle ne comprit pas. Puis la réaction de Luc, parfaitement audible : « Je me fiche du cheval, occupez-vous d'elle, bon sang ! »

Nessa demeura un long moment pétrifiée devant l'expression féroce qui se peignait sur le visage de Luc. Puis elle croisa le regard d'Iseult.

— Cet homme aurait pour unique ambition de t'épouser dans le but de faire prospérer ses affaires ? Je n'y crois pas une seconde !

— Il est dans la salle de sport, au premier étage, ma belle. Il s'entraîne tous les matins et tous les soirs. On dirait qu'il veut exorciser le démon qui l'habite !

Nessa adressa un sourire à Mme Owens, puis prit la direction de l'étage. Son cœur battait la chamade. Elle était venue directement depuis l'aéroport de Dublin. Iseult l'avait pressée de rentrer et presque poussée à bord de l'avion.

— Tu le regretteras toute ta vie si tu ne cherches pas à savoir la vérité, Ness !

Sa sœur avait raison. Nessa savait que Luc ne ferait jamais le premier pas, même s'il éprouvait des sentiments pour elle. Le passé l'avait trop meurtri. Il ne voulait pas dépendre de qui que ce soit, et toutes les personnes auxquelles il s'était attaché avaient quitté ce monde. En réalité, Luc et elle partageaient la même angoisse : celle de perdre des êtres chers. Mais de son côté, Nessa avait une famille aimante autour d'elle.

Une fois parvenue devant la salle de sport, elle marqua un temps d'arrêt, puis poussa la porte. Luc se tenait tout au fond de la pièce et frappait comme un fou sur un punching-ball. Il ne portait qu'un pantalon de survêtement, et son torse nu luisait de transpiration. À la vue de la cicatrice qui barrait son dos, Nessa sentit son cœur se serrer.

Elle attendit qu'il prenne une pause pour avancer vers lui. Lorsque Luc eut conscience de sa présence, il s'immobilisa, telle une statue, puis lentement retira ses gants et prit une serviette pour s'éponger le visage et le cou.

— Je te croyais à Merkazad.

— J'y étais, mais je suis revenue.

Comme si ce n'était pas l'évidence même !

— Pourquoi avoir entrepris ce voyage ? Tu venais de perdre notre bébé et tu t'es précipitée au chevet de ta sœur, au mépris de ta propre santé !

Notre bébé...

— Iseult ne savait pas ce qui m'était arrivé, et elle avait besoin d'aide.

— Tu avais peur que je te demande de nouveau en mariage.

Nessa hocha lentement la tête.

— Je craignais que tu insistes, en effet.

S'approchant de Luc, elle planta le regard dans le sien.

— Mais pas pour les raisons que tu imagines. Je ne supportais pas l'idée d'un mariage de convenance.

— Ce n'était pas seulement cela !

Soudain, elle lut dans ses yeux une peine immense qui la troubla au plus haut point. Elle attendit qu'il se décide à lui apporter des explications.

— Je suis désolé... pour tout. Tu ne cherchais qu'à aider ton frère, et je t'ai traitée comme une voleuse. Ensuite, je t'ai séduite alors que je n'avais pas le droit de te prendre ton innocence, innocence dont j'ignorais tout et que j'ai découverte trop tard.

Il s'interrompit pour se racler la gorge. Quand il reprit la parole, ce fut d'une voix vibrante d'émotion.

— Quand je t'ai vue à terre après l'accident, j'ai cru que je t'avais tuée... ainsi que le bébé. C'est ma faute si tu l'as perdu, Nessa. Si je ne t'avais pas demandé de participer à cette course, rien de tout cela ne serait arrivé.

Nessa se sentit soudain glacée jusqu'aux os. Horrifiée, elle porta une main à sa bouche.

— Tu te sens responsable ? C'est la raison pour laquelle tu avais l'air si atterré après l'accident ? Je pensais...

Soudain nauséeuse, elle se détourna de Luc. Puis, incapable d'en entendre davantage, elle voulut s'enfuir, mais Luc lui agrippa le bras.

— Tu pensais quoi ?

Refoulant ses larmes, elle fit face à Luc, mais évita son regard.

— J'ai revu la course sur Internet. Je t'ai vu crier à François que tu t'inquiétais à mon sujet et non au sujet du cheval...

— C'est exact et, crois-moi, j'aurais préféré ne ressentir que de la culpabilité.

— Que veux-tu dire ?

— Bien sûr que je me sentais responsable, mais j'étais aussi terrifié à l'idée de perdre la seule personne que j'aie réellement aimée de toute ma vie, même si je refusais de l'admettre.

Le cœur de Nessa battit plus vite.

— Que... dis-tu ?

— Je dis que je t'aime, Nessa. Je crois que je t'aime depuis notre toute première rencontre. À partir de ce moment-là, j'ai compris que je ne pourrais plus te laisser t'échapper. Mais je sais que tu ne m'aimes pas et me suis promis de ne plus jamais chercher à te séduire. Parce que tu mérites mieux. Parce que je suis responsable de la terrible perte dont tu as été victime. Je ne t'ai apporté que des tracas.

Nessa secoua la tête avec véhémence.

— Non, ce n'est la faute de personne si j'ai perdu le bébé. Le destin en a voulu ainsi. Deuxièmement, je t'ai menti en prétendant ne pas t'aimer. Je t'aime, Luc... Je t'aime tant que cela m'effraye. Si tu savais comme tu as enrichi ma vie ! Tu m'as fait me sentir belle, désirable ; tu m'as offert la chance de courir en tant que jockey ; tu m'as emmenée à Paris. C'est là que j'ai su que je t'aimais... à la folie.

D'un geste tendre, il l'attira dans ses bras.

— Le penses-tu vraiment ?

— Oui, de tout mon cœur. Quand je t'ai dit que je ne t'aimais pas à l'hôpital, c'est parce que je croyais que tu voulais un mariage de convenance pour consolider ton empire.

Il la serra étroitement contre son cœur.

— Rien de tout cela n'a d'importance sans toi. Quand tu es partie, je n'ai pas cherché à te retrouver, parce que je ne voulais pas d'une simple liaison avec toi. Je veux une vraie famille, Nessa, même si l'idée d'en fonder une m'effraye. Comment me montrer à la hauteur puisque je n'en ai jamais eu ?

— Je te montrerai.

— Cela risque de te prendre beaucoup de temps.

— Nous avons toute la vie devant nous.

Luc garda un moment le silence puis, le regard soudé à celui de Nessa, déclara solennellement :

— Nessa O'Sullivan, je ne te laisserai plus jamais t'échapper. Veux-tu m'épouser ?

Cette fois, elle ne put refréner ses larmes.

— Oui, Luc... Je veux bien être ta femme. Je t'aime tant...

— Je t'aime, *mon amour.*

Ils scellèrent cette déclaration par un long baiser. Luc sentit le cœur de Nessa battre contre le sien. Enfin, plus rien ne s'opposait à leur union. Quant à lui, il avait enfin trouvé la paix, l'amour et la famille qu'il désirait tant.

Épilogue

« Nessa Barbier remporte la course sur Sacré-Cœur, un cheval qui appartient au consortium créé récemment par son mari et son beau-frère... »

Luc contempla son épouse qui approchait des tribunes.

Pendant toute la course, il avait retenu son souffle. À l'idée qu'un accident puisse survenir à nouveau, il avait eu du mal à maîtriser son inquiétude. Mais tout s'était bien passé, heureusement.

Quand elle le vit à proximité de l'enclos, avec Cal, leur fils de deux ans, dans les bras, Nessa sauta gracieusement de sa monture et courut les rejoindre.

Les flashs des appareils photo crépitaient, les journalistes se pressaient autour d'eux. Depuis l'annonce de leur idylle, puis de leur mariage, ils faisaient souvent la une des journaux. Leur histoire digne d'un conte de fées était relayée partout dans le monde.

Pourtant, leur mariage s'était déroulé en toute discrétion, deux ans auparavant, dans la vieille chapelle édifiée sur les terres de Luc, à Kildare, puis tous deux s'étaient rendus à Merkazad pour leur lune de miel où une réception somptueuse avait été organisée en leur honneur.

— Sais-tu que chaque fois que je te vois courir, je perds un an de ma vie ? grommela Luc.

— Eh bien, si cela peut te consoler, je crois qu'il s'agissait de ma dernière course, cette année...

Luc haussa un sourcil puis plissa les yeux.

— Tu es...

Il s'interrompit, submergé par l'émotion.

— Oui, je n'en suis pas encore sûre, mais il semblerait que je sois enceinte.

Luc serra contre son cœur la mère et l'enfant, les deux êtres qui comptaient le plus au monde à ses yeux, désormais.

Soudain, Nadim et Iseult, accompagnés de leurs deux enfants apparurent dans son champ de vision.

Ma famille.

La chance de ma vie.

— Je t'aime, murmura-t-il contre la tempe de Nessa.

— Je t'aime aussi...

Le baiser qui les réunit à cet instant précis figura à la une des journaux dès le lendemain, avec en titre : *l'amour et la course... Un duo gagnant !*

RESTEZ CONNECTÉ AVEC HARLEQUIN

Harlequin vous offre un large choix de littérature sentimentale !

Sélectionnez votre style parmi toutes les idées de lecture proposées !

www.harlequin.fr

- **Découvrez** toutes nos actualités, exclusivités, promotions, parutions à venir...
- **Partagez** vos avis sur vos dernières lectures...
- **Lisez** gratuitement en ligne
- **Retrouvez** vos abonnements, vos romans dédicacés, vos livres et vos ebooks en précommande...

L'application Harlequin

- Des **ebooks gratuits** inclus dans l'application
- **+ de 50 nouveautés tous les mois !**
- Des **petits prix** toute l'année
- Une **facilité de lecture** en un clic hors connexion
- Et plein d'autres avantages...

Téléchargez notre application gratuitement

Télécharger dans l'App Store

DISPONIBLE SUR Google Play

SUIVEZ-NOUS !

facebook.com/HarlequinFrance
twitter.com/harlequinfrance